KB114001

자객전서

수담·옥 新무협 판타지 소설

FANTASTIC ORIENTAL HEROES

자객전서 7

수담 · 옥 新무협 판타지 소설

초판 1쇄 찍은 날 § 2014년 10월 23일
초판 1쇄 펴낸 날 § 2014년 10월 30일

지은이 § 수담 · 옥
펴낸이 § 서경석

편집부장 § 권태완
편집책임 § 박은정

펴낸곳 § 도서출판 청어람
등록번호 § 제387-1999-000006호
등록일자 § 1999. 5. 31
어람번호 § 제2-2542호

주소 § 경기도 부천시 원미구 심곡2동 163-2 서경B/D 3F (우) 420-822
전화 § 032-656-4452 팩스 § 032-656-4453
http://www.chungeoram.com
E-mail § chungeorambook@daum.net

ⓒ 수담 · 옥, 2014

ISBN 979-11-316-9258-5 04810
ISBN 979-11-5681-921-9 (세트)

※ 파본은 구입하신 서점에서 교환하여 드립니다.
※ 저자와 협의하여 인지를 붙이지 않습니다.
※ 이 책은 도서출판 청어람과 저작자의 계약에 의해 출판된 것이므로,
　무단 전재 및 유포 · 공유를 금합니다.

자객전서

刺客傳書

7

수담·옥 新무협 판타지 소설

[앙화의 시대]

FANTASTIC ORIENTAL HEROES

자객전서

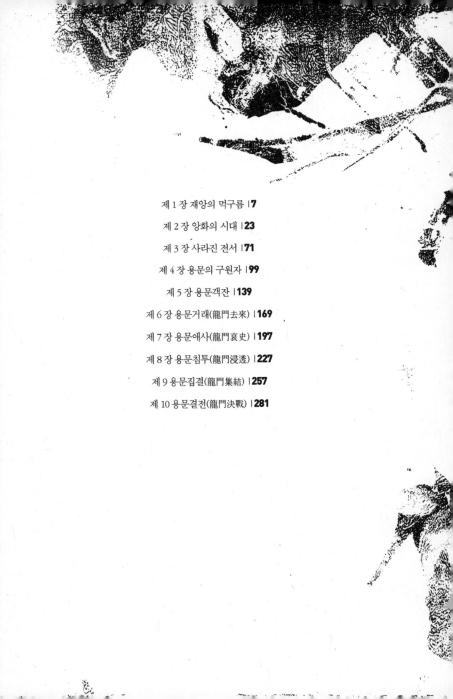

1장

재앙의 먹구름

퍽!

헤수스 장뇌전이 여불청의 어깨를 가르고 화룡의 가슴에
꽂혔다.

화룡이 움찔하는 반응 속에서 장뇌전의 형체는 이내 사라
졌다.

화룡의 몸속으로 녹아들었다고 해야 할 것이다.

화룡이 지상으로 곤두박질쳤다. 날개를 마음대로 퍼덕이
지 못하는 모습인데 추락 과정에서 화룡은 장뇌전이 날아온
방향으로 불신의 눈을 돌렸다.

또 다른 저격자!

화룡의 미래에서 이와 같은 저격 상황은 없었다.

쿵!

화룡의 몸체가 바닥에 처박혔다.

"지금이다! 모두 공격!"

이능이 총공격의 명을 내렸다.

담사연이 가장 먼저 잠복 장소에서 뛰쳐나왔고, 뒤이어서 장내의 모든 무인이 화룡을 향해 달려갔다.

후우우우!

용면향이 용비광장을 뒤덮었다. 모습을 감췄던 백포인들도 이 순간 화룡의 추락 장소로 전진하며 괴이한 진언을 읊어 댔다.

그야말로 끝장을 보는 총공격인데 그중에서 가장 위협적인 것은 진막강과 혈마의 공격이었다.

진막강은 파심장을 화룡의 목에 거듭해서 날렸고, 혈마는 선인창을 화룡의 날개에 꽂아 구멍을 뚫듯 팍팍 후벼 팠다.

제아무리 불사에 가까운 화룡의 몸이라고 해도 이와 같은 무저항 상태에선 죽음을 피할 수 없다.

무인들은 드디어 화룡을 잡았다는 생각에 환호를 지르며 칼질을 해댔다.

그리고 마침내 가시적 결과가 나왔다.

담사연이 빙룡갑을 사용해 화룡의 오른쪽 눈알을 뽑아냈다.

눈알이 워낙에 크기에 뱀눈의 동공을 뜯어낸 것에 지나지 않지만 이것만으로도 장내의 무인들을 흥분시키기에 충분했다.

그는 이제 화룡을 죽일 수 있다는 확신이 들었다. 철벽과도 같았던 화룡의 몸체가 의외로 빙룡갑에는 쉽게 뚫리고 있었다.

드래곤하트가 화룡의 심장이라고 그랬다.

그는 그것을 뜯어내 버릴 심산으로 나동그라진 화룡의 가슴 위로 올라갔다.

"죽어! 죽어 이 괴물아!"

양소와 천이적이 그곳에 선착해 있었다. 그들은 땀을 뻘뻘 흘리는 모습으로 화룡의 가슴에 병기를 쑤셔 박고 있었다.

"내가 해보겠습니다."

담사연은 두 사람의 중간으로 파고 들어가 빙룡갑을 화룡의 몸체에 박았다. 단번에 팔목까지 박혔다.

너무도 쉽게 뚫렸기에 양소와 천이적이 떨떠름한 얼굴로 변했다.

"응?"

그때 화룡의 몸체가 꿈틀했다.

화룡이 깨어난 것인지 아니면 그의 빙룡갑에 뚫려서 몸부림을 친 것인지 아직은 확실하지 않았다.

그는 다시금 빙룡갑을 화룡의 몸속에 박았다.

크으으!

두 번째 꿈틀거림.

이번 반응은 느낌부터 달랐다.

"피해!"

천이적이 소리치며 화룡의 몸체에서 뛰어내렸다.

양소와 담사연도 같이 뛰어내렸다.

화룡이 벌떡 일어났다.

화룡의 몸에 달라붙어 있던 인간들이 비 오듯 땅으로 떨어졌다.

펑!

진막강의 파심장이 화룡의 가슴을 강타했다.

쿵! 쿵!

화룡은 뒤뚱뒤뚱 뒷걸음치다가 바닥에 털썩 주저앉았다.

한 방에 나가떨어진 화룡.

정신을 차렸다고 해도 화룡은 이전처럼 압도적인 위용을 보여주지 못했다.

한쪽 눈은 뽑혔고, 날개는 반쯤 잘렸다. 발가락은 부러졌고, 몸체의 비늘에선 윤기가 사라졌다.

인간의 눈으로 보자면 지금의 화룡은 털 뽑힌 닭의 모습과 진배없었다.

"공격!"

"괴수를 죽엿!"

화룡이 본래 모습이 아니라고 판단되자 무인들이 용기백배해서 총공격에 다시 나섰다.

진막강과 혈마, 담사연과 척룡조, 홍포인들과 항룡단. 그 모두가 화룡의 몸체에 새까맣게 달라붙어 공격을 퍼부었다.

화룡을 죽일 기회가 있다면 지금뿐이다. 이번에도 못 죽이면 그땐 인간들이 전멸당할 터다.

크으! 크으음! 크으으으음!

마침내 화룡이 검붉은 용혈을 폭포수처럼 토하며 쓰러졌다.

"와아아!"

무인들은 승리의 환호를 질렀다.

화룡과의 싸움이 이제 금방이라도 끝날 것 같았다.

하지만, 그건 인간의 착각이자 헛된 기대에 지나지 않았다.

그들과 싸우는 이 용은 신의 영역에 올라선 인류 역사 최강의 존재였다.

조금 전의 울부짖음은 사멸의 신음이 아닌, 분노의 심정을 표현한 파멸의 울음이며 그건 곧 인간이 감히 도전할 수 없는 절대 무력을 지금 이 자리로 불러 내린다는 뜻이었다.

쿠쿠쿠쿠쿠쿠!

용마총이 와르르 흔들렸다. 암벽이 다시 함몰되고 있었다. 강풍이 휘몰아치는 가운데 대지가 고무처럼 꿈틀대고 공간이 강물처럼 출렁댔다.

이 강력한 힘의 근원.

무인들은 하늘을 올려다봤다.

"아!"

"맙소사!"

화룡도가 용비광장으로 내려오고 있었다.

무인들은 절망의 신음을 흘려냈다.

누가 있어 저것을 막아낼 수 있단 말인가.

"하앗!"

진막강과 혈마가 동시에 허공으로 날아올랐다.

하지만, 그들은 화룡도에 근접해 보지도 못하고 강력한 힘에 튕겨 나갔다.

후웅! 팟!

화룡도가 화룡의 거대한 뿔 사이에 꽂혔다.

화룡은 뇌전을 번뜩이는 눈으로 직립했다.

털 뽑힌 닭이 되어 곧 죽을 것 같던 화룡의 모습이 아니었다. 바라보는 것조차 두려워지는 위압적인 모습이었다.

화룡이 말했다.

—지상의 왕으로 군림하고자 했던 내 생각이 잘못됐다. 너희는 멸족을 할 대상이지 정벌의 대상이 아니다. 미카엘라도 너희처럼 강하지 못했고, 헤수스도 너희처럼 나를 이렇게 고통스럽게 하지 않았다. 이토록 위험한 무력을 소유한 너희를 나는 도저히 그냥 내버려 둘 수가 없다.

화르르르르!

화룡의 몸이 화염에 활활 타올랐다. 화룡은 이제 불의 화신으로 변해 있었다.

불길 속에서 비명이 들려왔다. 화룡의 가슴 안에 숨어 있던 여불청의 음성이었다.

—용체 따위는 없어도 된다. 영생 같은 건 하지 않아도 된다. 나는 너희의 세상을 완전히 파멸시켜, 두 번 다시는 너희 같은 위험한 종족을 이 땅에 남기지 않을 것이다.

고오오오오!

화룡이 화염에 불타는 모습으로 날아올랐다.

신화 속에 등장하는 불사조의 모습이 바로 저러하리라.

하늘로 날아오른 화룡은 곧이어서 머리를 아래로 두고 지상으로 떨어졌다.

쾅!

땅이 뚫리며 화룡의 모습이 사라졌다.

"우우!"

"이게 대체?"

무인들은 어리둥절한 심정으로 주변을 돌아봤다.

갑자기 땅속으로 들어간 화룡.

대체 무슨 짓을 할 작정인가?

쿠룽! 쿠르르룽!

대지가 진동했다. 정확히는 들끓어 올랐다.

"설, 설마?"

담사연은 아연한 심정으로 이능을 쳐다봤다.

이능의 경고보다 밀리언의 음성이 먼저 들려왔다.

"모두 피하세요! 데빌라곤이 뱀파이어 서클로 화산을 깨우고 있습니다."

이능도 뒤늦게 이유를 알아차리곤 소리쳤다.

"용마총을 탈출하라! 어서! 지금 즉시!"

이능의 명에 무인들이 용문 밖으로 달려갔다.

아군이든 적이든, 고수이든, 하수이든 예외가 없었다. 들끓어 오르던 땅에서 용암이 솟구쳐 오르기 시작했다. 이게 무엇을 뜻하는지 모를 수가 없었다.

담사연은 이능의 옆에서 같이 달리며 물었다.

"확실합니까?"

"그런 것 같네. 여기가 바로 대화산 지대였어."

급박한 현장 상황으로 인해 대화는 짧게 끝났다.

사방에서 폭발음이 들려왔다.

지반이 푹푹 꺼졌고, 머리 위에서는 암석이 눈사태처럼 쏟아져 내렸다.

담사연은 무인들과 같이 전력으로 내달렸다.

탈출해야 한다는 것.

그것 외에는 아무것도 생각할 수 없었다.

용문을 빠져나왔다.

입구에는 상관호의 병력이 대기해 있었다.

"모두 달아나!"

이능이 달리면서 소리쳤다.

상황 파악은 어렵지 않다.

천지를 울리는 진동음과 함께 용마총의 하늘로 검은 연기가 치솟고 있었다.

두두두두두!

기마대를 필두로 무인들이 평원으로 달려갔다.

평원에 포진했던 정파 무인들도 대탈출에 동참했다.

말과 사람이 뒤섞였고, 종과 구분 없이 모두가 전방으로 내달렸다.

그때, 한순간 흑적산의 진동이 거짓말처럼 멈췄다.

심해 같은 정적.

심장의 박동 소리도 들릴 것 같은 고요.

무인들이 달리기를 멈추고 뒤돌아봤다.

담사연도 이능과 같이 움직임을 멈추고 뒤를 돌아봤다.

꽝!

한 번의 폭발음.

너무 크게 들려 고막이 막혀 버리는 거대한 폭발음.

버섯구름이 하늘로 치솟았다. 용암이 폭포수처럼 분출됐다.

흑적산이 통째로 내려앉고 용암과 암석을 동반한 검붉은 쇄설류가 뭉게구름처럼 바닥에 피어났다.

"오! 맙소사!"

미증유의 사태, 화산 폭발이다.

대지를 뒤덮은 검은 구름이 사방으로 확산되어 간다.

화산쇄설물이다.

그것을 본 무인들은 필사적으로 내달렸다.

탈출 방향은 지정되지 않았다.

살려면 무조건 전방으로 달려가야 했다.

척룡조도 분산됐다.

누가 어디에서 어떤 방향으로 달려가는지 전혀 알 수 없었다.

이러한 대탈출에서 예외의 인물은 이능이었다.

이능이 달리다 말고 제자리에 멈췄다.

담사연이 소리쳤다.

"당주님! 어서!"

이능은 고개를 저었다.

체념의 표정이었다. 폭발의 사정권에 들어 있었다. 현 위치에서는 제아무리 경공이 빨라도 화산쇄설물의 잠식 속도를 벗어날 수 없었다.

이능이 말했다.

"미안하네. 내 능력으로는 여기까지가 한계이네."

"어찌 그런 말을!"

"자네는 어서 가게. 이곳에서 탈출할 수 있는 사람은 자네가 유일하네."

쿠쿠쿠쿠쿠!

이능의 말을 듣던 사이에 검은 구름이 몰려왔다. 이미 상당수의 무인들이 화산쇄설물에 휩쓸려 녹아버렸다.

이능도 이제 검은 구름에 잠겼다.

[앙화의 시대가 열리면 천문(天門)을 찾아 숙객(宿客)을 만나시게. 숙객은 척룡조의 마지막 인물. 숙객을 만나야만 앙화의 시대를 끝낼 수가 있네. 내 말 잊지 말게.]

육합전성을 끝으로 이능의 모습이 재로 변했다.

"아아!"

담사연은 참담한 심정이었다.

이능은 현 시국에서 그가 믿고 기댈 수 있는 유일한 사람이었다.

이렇게 형체조차 남기지 못하고 죽으리라고는 상상도 하지 못했다.

"크윽!"

그는 뒤돌아 달렸다.

검은 구름이 그를 뒤덮었다. 그 순간 그의 모습이 홀연히 사라졌다. 망량이 발휘된 것이다.

자네만이 살아날 수 있다!

이능의 그 판단이 옳을지도 모른다.

망량 속에 또 망량.

그는 필사적으로 망량을 발휘하며 내달렸다.

망량의 한계를 뛰어넘는 장거리 이동.

어쩌면 그것은 망선일지도.

"헉헉!"

얼마나 긴 시간 동안 달렸는지 모른다.

얼마나 멀리 달려왔는지도 모른다.

어디로 달려왔는지 그것조차 모른다.

그는 탈진해서 바닥에 쓰러졌다.

쓰러지고 난 다음 뒤돌아보니 용마총은 손가락 크기보다 작은 점이 되어 있었다.

그는 하늘을 올려다봤다.

구름은 보이지 않고 화산재가 온통 휘날리고 있었다.

주변을 돌아본다.

아무도 없다.

혼자 남았다는 생각이 들자 눈물이 핑 돌았다.

구중섭, 일엽, 천이적, 양소, 송태원, 유연설.

짧은 시간 깊이 정들었던 조원들.

잘 가라는 인사도 못 해보고 헤어졌다.

생사는 모른다.

제발 어딘가에 살아 있기만을 바랄 뿐이다.

어디선가 폭발음이 들려왔다.

폭발음이 들릴 때마다 심장이 부서지는 것 같았다.

그는 눈을 감았다.

한 사람이 뇌리로 떠오르고 있었다.

"미안해, 이추수. 널 지켜주지 못했어."

이추수의 시대는 이제 없다.

화염지옥의 세상.

앙화의 시대만이 있을 뿐이다.

2장

앙화의 시대

앙화의 시대 일 년.

그는 화산재가 휘날리는 낙양으로 들어서고 있다.

대륙의 칠대 고도(古都)로 불렸던 대도시의 모습은 어디에서도 찾아볼 수 없다.

도시 건물은 불에 타거나 파괴되었고, 비옥했던 대지는 화산재로 뒤덮여져 흉물스럽다.

낙양만이 이런 모습은 아니다.

용마총 사태 일 년 만에 강북의 거의 모든 대도시가 이렇게 변해 버렸다.

나머지 소도시들도 현재 거주가 어려울 정도로 빠르게 파괴가 진행되고 있다.

화산을 통해 용마총을 폭발시킨 화룡은 그 후로 동북에서 가장 위험한 휴화산, 장백산을 비롯하여 강북에 산재한 다섯 곳의 화산 지대를 더 폭발시켰다.

화산 폭발의 징조는 사전에 없었다. 갑작스러운 대폭발이며 그래서 도시에 살던 사람들은 아무런 대비도 하지 못한 채 화산 폭발의 희생물이 되어버렸다.

추산하기로 앙화의 시대 한 달 만에 백만 명이 죽었고, 반 년 후에는 오백만 명이 넘게 죽었다. 그리고 일 년이 지난 현재에는 피해 규모를 따져볼 수 없을 만큼 엄청난 사망자가 발생했다.

이러한 전인미답의 피해는 화산 폭발로만 이루어진 결과가 아니었다.

화룡은 화산재로 뒤덮인 대륙의 도시를 돌아다니며 무자비한 파괴와 끔찍한 대학살을 일삼았다.

인간은 화룡의 파멸 행위를 막을 수 없었다. 화룡은 인간이 상대하기에는 너무나 강했고, 저항하지 않는 인간들조차 잔인하게 학살할 정도로 포악했다.

그래서 대다수의 인간은 화룡의 비행을 목격하면 도망가거나 숨기에 급급했다.

"아저씨, 배고파요. 먹을 것 좀 주세요."

낙양의 파괴된 도시 입구에서 열 살가량의 어린 여자아이가 까맣게 때가 묻은 손으로 그의 바짓가랑이를 잡았다.

그는 아이를 잠시 쳐다보곤 몸에 두른 피풍의 속에서 건량을 꺼내 아이의 손에 건넸다.

아이가 불쌍해 도와준 것이지만 그의 이런 호의는 뜻하지 않은 소동을 불러왔다.

아이의 손에 들린 건량을 보고는 사람들이 몰려온 것이다.

"흐음."

그는 아이의 앞을 막아섰다.

거지꼴이나 다름없는 남녀노소가 전방에서 그를 위협적으로 노려보고 있었다.

아이에게 준 건량은 얼마 되지 않는다. 이들 중의 태반은 그의 식량을 노리고 있다.

"죽고 싶지 않으면 모두 물러나."

살벌하게 경고했음에도 불구하고 사람들이 물러나지 않았다.

화룡은 화염지옥의 세상만 연 것이 아닌 굶주림의 세상도 같이 열어버렸다.

대지를 뒤덮은 화산재로 말미암아 농작물은 폐기됐고, 초목은 썩었으며, 물은 오염됐다. 산천에 먹을 것이 없어지자

산짐승과 가축이 죽었고, 뒤이어서는 인간까지도 굶어 죽었다.

'가장 참혹한 건 인간성의 상실이지.'

도처에서 식량 쟁탈전이 벌어졌다. 도둑질과 강탈 행위가 일상화되었으며, 때에 따라서는 한 톨의 쌀을 구하고자 살인까지도 서슴지 않게 벌였다. 이 상태가 지속된다면 화룡의 파멸 행위가 아니더라도 인성의 상실로 인간의 세상이 종말 되고 말 터다.

사람들은 아직 그 자리에 머물러 있었다.

말로 해서는 경고가 안 먹히자 그는 월광을 일으켜 사람들의 발 앞에 죽 그었다.

화산재로 덮인 대지를 자르는 은빛의 검.

사람들이 그제야 분위기를 파악하고 주춤주춤 물러났다.

이들은 굶주린 일반인이지 무림인이 아니다. 애초에 그의 적수가 될 수 없는 대상이다.

"다 먹었니?"

사람들이 떠나고 난 후에 그는 고개를 돌려 아이를 쳐다봤다.

그가 건네준 건량은 잠깐 사이에 아이의 배 속으로 들어가 있었다.

"헤."

아이가 대답 대신 포만감의 미소를 지어 보였다. 보조개가 왼쪽 뺨에 깊게 패여 있었다.

좋은 시절이었으면 귀여움을 독차지했을 소녀의 얼굴이다.

"사는 곳이 어디니?"

"몰라요."

"부모님은 어디 계시니?"

"몰라요."

"이름은 뭐니?"

"몰라요."

아이는 모른다고만 대답했다.

화룡의 공습에 집이 불타고, 부모가 죽고, 그 충격으로 여린 정신까지도 다쳤으리라.

그는 아이의 상태를 그렇게 이해하며 뒤돌아섰다.

아이의 음성이 들려왔다.

"아저씨 이름은 뭐예요?"

"왜? 내 이름은 알아서 뭐하게?"

"고마워서요. 날 돌봐준 사람은 아저씨가 처음이거든요."

그는 뒤돌아 쪼그려 앉아 아이와 눈높이를 맞추었다.

"사연… 난 담사연이라고 해."

"담사연, 담사연……."

아이가 그의 이름을 뇌리에 새겨 넣듯 중얼댔다.

그 모습이 너무 측은해 보여, 그는 가지고 있던 건량을 아이에게 전부 건네주곤 일어났다.

"잠깐만요. 소원이 있어요."

아이가 다시 그의 바짓가랑이를 잡았다.

그는 고개를 저었다. 더는 도움을 줄 수 없었다. 화염지옥의 세상에서 부모 잃은 고아를 수없이 보았다. 그가 그 아이들을 일일이 다 거두어줄 수는 없었다.

다행히 아이의 의도는 그가 염려했던 그런 수준이 아니었다.

"나도 아저씨처럼 이름을 가지고 싶어요. 아저씨가 내 이름을 지어주세요."

그는 잠시 생각해 보곤 아이의 소원을 들어주었다.

"추수. 이추수. 네 이름은 이제부터 이추수야."

"헤!"

아이가 웃었다. 보조개 핀 그 얼굴이 햇살처럼 맑았다.

그는 아이의 머리를 쓰다듬어 주곤 뒤돌아 걸어갔다.

이추수의 시대는 없지만, 그는 아직 이추수를 기억에서 내려놓지 않았다.

현실의 인연이 아니라면 그는 저세상에 가서라도 그녀와 다시 만나기를 간절히 기원한다.

어느덧 낙양 중심부다.

도시 중심부로 들어서자 사람들이 제법 보이기 시작한다. 식량을 찾아다니는 이들이 태반이지만 그중에는 다른 목적을 가진 사람들도 있다.

병기를 소지한 신체 건장한 사람들. 낙양에서 살아온 일반인들이 아니다. 이들은 화룡과 싸우고자 낙양으로 들어온 다른 지역의 무림인들이다.

무림인들은 현재 골조만 남은 삼 층 건물 담벼락 앞에 중점적으로 모여 있다.

예전에 대포청 낙양 지부였던 곳인데 그곳 담벼락에 방이 붙어 있다.

사악한 용이 온 천하를 불에 태우니,

인류의 운명이 백척간두에 섰도다!

칼을 든 자,

아직 의기가 남아 있다면

소림으로 오라!

대륙의 불력과 인간의 의기를 하나로 모아 사악한 용을 척결하리라!

〈소림사 전임 방장 대덕신승〉

소림사가 붙인 포고문이다.

대덕은 용마총에서 죽은 공성의 스승이자 소림사의 전대 방장이었던 사람이다.

올해 나이 백이십육 세.

해탈을 앞둔 대덕이 노구를 이끌고 강호로 다시 뛰쳐나온 것은 그만큼 천하의 상황이 심각했기 때문이다.

사실 이러한 전대 기인의 재등장은 대덕뿐만이 아니다.

무당산에서 도를 닦던 전대의 도인과 화산파의 전전대 검객 등, 대륙의 산천에 깊이 은거했던 지난 세대의 무림인들이 모두 강호로 뛰쳐나왔다. 무림의 공적으로 몰려 오랜 세월 숨어 살았던 전대의 마인들도 예외 없이 강호로 다시 나왔다.

그들의 종파를 구분하고 본성을 따지는 것은 무의미했다. 국난을 넘어서는, 인류 역사의 존망이 걸린 시기였다. 화룡을 퇴치하지 못한다면 그땐 국가이든 무림이든 민족이든 종말만이 남을 뿐이었다.

소림사 결집 이전에 화룡을 상대로 이제까지 세 차례의 대단위 무인 결집이 있었다. 세 번 모두 삼만 명 이상의 대규모였는데 안타깝게도 화룡과의 싸움에서 전멸에 가깝게 학살됐다.

소림사 결집은 강북 무인들의 마지막 종착지였다. 이곳에서도 가시적 성과를 이루어내지 못한다면 화룡을 막을 수단이 강북에선 더는 없다고 할 수 있었다.

척룡조를 찾고자 강호를 돌아다닌 그는 세 번의 무림 결집 중에서 북경 결집과 산서 결집에 참가했었다. 척룡조의 생존 소식은 그곳에서도 듣지 못했다. 무력 수준으로 보아 살아 있을 것으로 여겼던 일엽과 혈마저도 감감무소식이었다.

'아냐, 살아 있어. 그렇게 허무하게 죽어버릴 사람들이 아냐.'

척룡조를 찾아야 했다. 화룡을 상대로 그 혼자서는 싸울 수 없었다.

그들과 같이 있으면 그는 다시 화룡과 결전을 펼칠 의욕을 가질 수 있었다.

"아악!"

그가 소림사 방향으로 발걸음을 맞출 때 어디선가 비명이 들려왔다.

그는 소리가 들린 방향으로 고개를 돌렸다.

사람들이 두려움의 음성을 토하며 집단적으로 내달리고 있었다.

"으음."

이런 반응은 이제 너무나 익숙하다.

그는 사람들이 달려간 후방의 하늘을 쳐다봤다.

날개를 활짝 펼친 거대한 비행체!

마력이 담긴 것 같은 소름 돋는 울음!

하늘에서 쏟아지는 화염!

화룡이 거대한 날개를 퍼덕이며 날아오고 있었다.

그는 뒤돌아 전방으로 내달렸다.

화르르르!

그의 후방에서 불길이 치솟았다. 그는 건물의 잔해 속으로 뛰어들어 엄폐물을 찾아 바닥에 엎드렸다.

콰콰콰콰콰!

화룡이 건물 일대를 불태우며 그의 머리 위를 지나갔다.

비행 방향은 소림사였다.

앙화의 시대 오 년.

그는 물줄기가 말라 버린 장강의 강변을 걷고 있다.

강북에서 강남으로 건너온 지도 어느덧 이 년이다. 강북은 이제 더는 사람 살 곳이 못되었다.

산천은 화산재로 뒤덮였고, 도시는 철저히 파괴됐다. 강북 거주민 칠 할이 죽었고, 화염지옥에서 살아남은 삼 할의 생존자들도 현재 기아와 질병에 시달리며 비참히 죽어가고 있다.

강북 무림인들의 결사 항전은 소림사 무림 결집이 마지막이 되었다.

그날 화룡은 대덕을 씹어 삼켰고, 부처님의 불력을 기원하는 일만 명의 불자를 잔인하게 불에 태워 죽였다. 기적의 불력은 없었다.

불자들이 그렇게 찾고 기원했던 부처는 인간들의 죽음을 끝끝내 외면했다.

소림사 항전 이후로 인간들이 뿔뿔이 흩어져 숨어 살기를 지속하자 화룡은 북방의 하늘로 날아갔다.

인간의 전의를 꺾어놓았다고 해서 만족한 것이 아니었다. 화룡은 군림이 아닌 인간의 멸종을 원했다.

흑룡강성 이북의 땅에는 초대형 화산 지대가 있다. 수백만 년 동안 화산 폭발이 주기적으로 거듭된 곳으로서 지하에 어마어마한 용암이 내장되었다고 하는데 북방으로 날아간 화룡이 바로 그곳을 날려 버렸다.

북반구의 멸망. 이른바 북멸(北滅)의 사태로 불리는 그 날, 강북의 지진대가 통째로 요동쳤다.

충격파가 얼마나 거센지 강남의 땅까지 뒤흔들렸다. 대륙의 북반구는 화산재로 완전히 뒤덮였고, 그날 이후 강북의 전 지역에 걸쳐 무려 일 년 동안이나 어둠의 시간과 겨울의 추위가 이어졌다.

강북인들은 살아남기 위해, 장강을 필사적으로 건넜다. 그때 그도 피난민들과 같이 강남으로 내려왔다.

화산 폭발의 영향에서 다소 떨어져 있었다고 해도 강남 역시 이미 사멸의 땅으로 변해가고 있었다.

화산재가 몰려오는 가운데 식량은 턱없이 부족했고, 물자 공급은 끊겼다.

도시에는 강도와 도둑이 넘쳐났으며, 인정과 의협은 어디에서도 찾아볼 수 없었다.

그는 생지옥으로 변한 강남을 돌아다니면서 척룡조를 찾았다.

그들을 찾는다고 해서 무엇을 어떻게 해본다는 생각은 이제 없었다. 그냥 그들을 찾아다닐 뿐이었다.

그런 세월이 삼 년, 그는 척룡조를 찾는 것마저도 포기했다.

이제는 그들의 얼굴조차 잘 떠오르지 않았다. 그는 무작정 강남을 돌아다녔고, 그러면서 자신이 누구인지도 점점 잊어갔다.

앙화의 시대 십 년.

"죽일 거야. 내가 그 도마뱀을 죽이고 말 거야."

그는 산발한 머리카락에 앙상한 몰골로 창날을 갈고 있다.

눈빛에서는 살기와 광기가 매순간 번뜩인다. 화룡을 피해 돌아다니는 것도 한계에 다다랐다. 그는 화룡과 끝장을 본다는 각오로 결전을 준비하고 있다.

강북을 멸망시킨 화룡은 그 후로 강남으로 날아가 도시를 파괴하며 인간들을 학살했다.

강북에서 그러했듯 일반인들은 세상을 불태우는 화룡의 용화염 앞에 너무도 나약했다. 강남의 무인들이 결사항전을 외치며 십만 명의 군사를 결집했지만 그는 아무런 기대도 하지 않았다.

"놈을 죽일 수 있는 사람은 나뿐이야. 내가 직접 그놈의 심장을 도려내야 해."

그는 창을 들고 일어섰다.

절벽의 끝이다.

절벽 아래에는 최후의 결전에 나선 인간들이 모여 있다.

그중에는 무기도 없이 무작정 결전장으로 나온 종교인들도 있다.

그들은 손을 모아 신을 찾고 신께 기적의 힘을 내려달라고 기원하고 있다.

"흥! 웃기지마! 신 같은 것은 없어. 종말을 방관하는 놈이 무슨 신이야."

그는 신을 찾는 인간들을 조소하며 전방을 바라봤다.

까아아악!

전방의 하늘에서 화룡이 날아오고 있다.

인간들이 칼을 세워 함성을 지른다.

이 함성은 용기가 아니다.

그것은 공포와 두려움의 또 다른 표현이다.

콰콰콰콰콰!

화룡이 화염을 내뿜으며 지상에 착륙한다.

인간들이 총공격한다.

화룡은 언제나 그렇듯 무자비하게 인간들을 학살한다.

그는 화룡의 움직임을 가만히 지켜보고 있다. 너무도 많은 죽음을 보았기에, 지금의 학살 장면에선 별다른 감정이 생기지 않는다.

화룡의 학살은 반나절 동안 지속된다. 십만 명에 육박했던 인간은 이제 천 명도 채 남지 않았다. 의미 없는 항전이지만 인간들은 이런 상황에서도 자폭하듯 화룡을 향해 달려들고 있다.

쿵! 쿵!

화룡이 허리를 펴고 직립보행을 한다.

—지독한 것들! 죽어라! 너희 스스로 혀를 물고 죽어라! 나는 파멸의 왕이자 불멸의 왕! 너희의 힘으로는 절대로 나를 어찌할 수 없다!

"닥쳐! 도마뱀!"

그는 절벽에서 훌쩍 뛰어내렸다. 화룡의 가슴이 훤히 드러나는 이 순간을 기다렸다.

쿠악!

그의 손에 들린 창이 화룡의 가슴에 박혔다.

화룡은 울부짖으며 주춤주춤 물러섰다.

그러나 그의 공격은 거기까지다.

그가 만든 조악한 창으로는 헤수스의 화살 같은 신력을 기대할 수 없다.

화룡의 몸짓에 그는 튕겨 나와 바닥에 처박힌다.

화룡이 그를 노려본다. 오른쪽 눈알에는 동공이 없다.

―무엄한 놈! 너는 내 눈을 뽑아냈던 용마총의 바로 그놈이구나! 아직도 살아 있었다니 네놈을 씹어 먹고 말리라!

그는 벌떡 일어나 소리쳤다.

"흥! 웃기지마! 넌 나를 죽이지 못해!"

카아아아!

화룡이 화염을 머금은 아가리를 벌렸다.

그는 뒤돌아 달렸다.

화르르! 화르르!

그의 등 뒤로 화염이 들불처럼 몰려온다.

팟!

화염에 휩쓸리던 그때 그의 몸이 홀연히 사라졌다.

망량의 발휘!

그는 화염이 쏟아졌던 그곳 오십 장 너머에서 모습을 드러냈다.

―도망갈 수 없다! 이번엔 반드시 네놈을 죽이리라!

화룡이 날아올라 그를 무섭게 추격했다.

불길! 또 불길!

망량! 또 망량!

그는 화염에 잠길 때마다 망량을 발휘해 그 자리를 피했다.

그러자 화룡이 분노의 날갯짓과 함께 비행 속도를 엄청나게 높였다.

비장의 한 수는 그에게도 있었다.

그는 하늘을 힐끗 올려다보곤 악 받친 음성을 토했다.

"아니! 넌 나를 잡지 못해. 절대, 절대로!"

빛!

그의 신형이 일직선 빛으로 변했다.

망선의 발휘!

그는 한순간에 백 리를 달려가 버렸다.

앙화의 시대 이십 년.

북멸에 이어 남멸(南滅)의 사태도 일어났다.

화룡이 남반구의 초대형 화산 지대를 폭발시키던 날, 대륙은 천 년 동안 복구가 안 될 정도로 파괴되었고, 유구한 역사를 자랑했던 인간의 문명 시대는 그렇게 끝이 났다.

남멸의 사태 이후로 하늘이 화산재로 뒤덮인 밤의 시간이 수년 동안 지속됐다. 뼈를 시리게 하는 추위가 온 세상을 휘몰아치는 가운데 인간들은 기아와 질병에 시달리며 고통스럽게 죽어갔다.

죽은 자와 산 자의 차이는 없었다.

어제의 지옥 세상은 오늘과 같고 오늘의 지옥 세상은 내일과 같았다.

파멸의 시대.

인간의 가슴에서 희망이라는 감정이 지워진 시대.

지금의 시대는 종말을 앞둔 지옥 세상의 한 과정일 뿐이었다.

"으으."

그는 어둡고 탁한 공간 속에서 힘겹게 눈을 뜬다.

동굴 안이다.

다리가 부러졌고, 양어깨가 탈골되었다. 척추는 뒤틀렸고, 내장 기관은 심각히 파열되었다.

이 상태로는 목만 간신히 돌릴 수 있을 뿐 한 걸음도 움직이지 못한다.

그는 생각해 본다.

열아홉 번째 습격전에서 이틀에 걸쳐 화룡과 싸웠다. 싸우고 도주하고 또 싸우고 도주하고 그러다가 그만 악에 받쳐 도주를 배제하고 화룡과 정면 대결을 펼쳤다.

결과는 그의 무참한 패배.

허리가 부러진 그는 화룡의 발톱에 몸이 잡힌 채 하늘을 고공비행하다가 지상으로 곤두박질쳤다.

지상과 충돌할 당시 그는 두려움, 고통, 원한, 억울함 같은 감정에 취하지 않았다. 그는 그때만큼은 용과 싸우는 존재가 아닌 종말의 시대를 겪는 보통의 인간이 되어 죽음의 순간을 맞이했다.

화염지옥은 현실이었다.

그의 능력으로 화룡을 죽일 수도 없었지만 설령 그가 화룡을 죽인다고 한들 이미 삶을 마쳐 버린 수많은 사람을 되살려 낼 수는 없었다.

어차피 종말의 시대이다.

불에 타서 죽든 배곯아 죽든 병들어 죽든 거기에 무슨 차이가 있을까.

그는 그런 심정으로 화룡과 얽힌 악감정을 모두 내버리고 담담히 죽음을 맞이했다.

문제는 그가 아직 죽지 않았다는 것.

"큭! 죽을 자유도 없다는 건가?"

그는 자조적인 음성을 중얼대며 공간 속을 살펴봤다.

누군가가 공간 구석에 서 있었다.

팟!

불꽃이 피어오른다.

피풍의와 두건으로 얼굴을 둘둘 가린 사람.

정체도 알 수 없고 목적도 알 수 없다.

"깨어나셨습니까?"

그나마 확인되는 사안은 남자의 음성이라는 것.

그는 남자의 모습을 잠깐 살펴보곤 눈길을 돌렸다.

자신의 생명을 구해주었든 말든 세상사에는 이제 관심이
없었다.

파멸의 세상에서 누군가가 연을 맺고 살아간다는 자체가
어리석은 일이었다.

남자가 말했다.

"용투야께서는 두 다리가 부러졌고, 양어깨가 탈골되었으
며 척추가 뒤틀렸고, 내장 기관이 파열되었습니다. 거기에다
가 단전이 파손되어 기맥의 움직임이 원활하지 않습니다. 이
대로는 어떤 약물을 복용한다고 해도 원래의 신체로 복구되

지 않습니다. 따라서 용투야께서는 이제부터 재활의 무공을……."

그는 남자의 음성을 짜증스럽게 끊었다.

"헛소리하지 말고 꺼져. 내가 이대로 죽든 병신이 되든 그건 당신이 상관할 바가 아니야."

남자는 그의 거부에도 불구하고 자기 할 말을 태연히 이었다.

"이것은 재활의 무공으로 잘 알려진 풍원대군 이사경의 태원신공입니다. 태원신공은 단전이 파괴되고 사지의 근맥이 잘린 상태에서도 재활의 수련이 가능합니다. 재활까지 오천 일이 걸리는데, 용투야께선 현재 그 정도로 신체 상태가 최악에 다다르진 않았습니다. 그러기에 태원신공으로 대략 삼백 일 동안만 재활 수련을 하면 원래의 몸으로 다시 회복되실 겁니다."

남자가 색이 바란 서책을 꺼내 그의 눈앞 바닥에 내려놓았다.

그는 그 서책에 눈길도 주지 않는다.

재활의 무공이란 설명. 태원신공 자체에 관심이 없으니 제대로 듣지도 않았다.

"웃긴 놈이군. 파멸의 세상에서 너 같은 놈이 아직 남아 있다니……. 이봐, 남의 일에 어쭙잖게 참견 말고 당신 인생이

나 똑바로 정리해 둬. 너흰 곧 모두 죽게 될 테니까."

남자가 그를 정면으로 마주봤다.

"그래서, 어차피 인간은 모두 죽게 될 터이니 이대로 아무 것도 하지 말고 죽음을 기다리란 겁니까? 하면 당신은 그동안 왜 그렇게 화룡에 맞서 싸웠습니까?"

"나는 너희와 달라. 화룡의 불길 앞에 인간의 희망을 쉽게 지워 버린 너희처럼 나약한 존재가 아냐. 내 가슴엔 아직 희망이 남아 있어. 난 화룡 따위에 절대 굴복하지 않아."

"당신이 특별한 존재인 것은 부정하지 않습니다. 하지만 용투야, 용과 싸우는 사람이 이 세상에서 당신뿐이라고 단정하지는 마십시오."

"흥! 너의 말은 비겁한 변명이야. 인간은 이제 용과 싸우지 않아. 용이 출현하면 인간은 도망가거나 엎드려 처분만을 바랄 뿐이야."

"정말 그렇게 생각하십니까?"

"물론!"

남자가 그의 눈앞으로 걸어왔다. 그리고 그를 안아들고 동굴 입구로 걸어가 밖이 훤히 내다보이는 곳에 내려놓았다.

"으음."

그는 당혹한 심정으로 동굴 밖의 광경을 쳐다봤다.

수많은 사람이 동굴 앞에서 무릎을 꿇은 채 무언가를 애타게 기원하고 있었다.

"저들이 기원하는 대상은 화룡이 아닌 바로 당신입니다."

"왜?"

그는 남자를 돌아봤다. 설명이 필요했다. 사람들이 모이면 화룡의 공격을 받게 된다.

이 많은 사람이 대체 무엇 때문에 위험을 감수하고 한곳에 모여들었다는 건가.

"인간의 가슴에서 희망의 감정이 지워진 것은 맞습니다. 하나 그럼에도 아직 인간의 의지는 꺾이지 않았습니다. 저들은 화룡과 싸우는 당신의 모습을 통해서 인간의 의지를 가슴에 담아두고 있습니다. 당신은 인류의 마지막 전사입니다. 당신이 만약 용투야의 길을 접어버린다면 저들도 그땐 인간의 의지를 잃어버리게 될 겁니다. 당신은 우리가 그리되길 진정 바라시는 겁니까?"

"……."

그는 답을 못 했다. 혼자가 아니라는 느낌. 가슴이 묘하게 떨리고 있었다.

동굴 밖의 사람들이 그를 바라보곤 일제히 두 손을 들었다.

통일된 음성!

간절히 원하는 함성이 들려온다.

용투야! 용투야! 용투야!

그는 공간을 가득 울리는 음성 속에서 남자를 다시 돌아봤다.

재활의 의지를 심어준 존재.

이 사람은 누구인가.

"당신은 누구이지? 예전에 나와 만난 적이 있는가?"

남자가 허리를 숙였다.

"나는 보타원주입니다. 나는 당신을 알지만 당신은 나를 알아볼 수 없습니다. 내가 누구인지 알려면 당신은 세상을 불태워야만 했던 종말의 숙제를 풀어내야 합니다. 부디 그 숙제를 풀어내시기를……."

앙화의 시대 삼십 년.

종말의 세상.

화룡의 미래는 마침내 현실이 되었다.

삼십 년 동안이나 지속된 화룡의 무자비한 파멸 행위에 인간의 구 할 이상이 죽었다.

이젠 희망도 없고 인간의 의지도 남아 있지 않는 앙화의 세상이 되어버렸다.

극소수의 인간이 살아남아 있긴 하지만 종말은 논할 필요가 없었다.

이미 멸종이고 종말이었다. 생존자들이 화룡을 신으로 떠받들던 그 순간부터 인간은 앙화를 추종하는 두 발 달린 짐승이 되고 말았다.

인간으로서 화룡과 싸우는 이는 그가 유일했다.

그는 그동안 화룡을 서른아홉 번 저격했다. 화룡 척살에 매번 실패했지만, 화룡 역시도 그를 죽이지 못했으니 길고 길었던 둘의 싸움은 무승부라고 할 수 있었다.

이제 그 지독했던 둘의 싸움을 끝낼 때다.

오늘 그는 인간으로서 최후를 장식하기 위해 평원으로 나왔다.

백발에 주름이 가득한 얼굴.

외롭고 고되었던 삼십 년의 세월이 그를 백 살도 더 먹은 노인으로 만들고 말았다.

"인정하지. 넌 지상의 왕이야."

그는 가벼운 마음으로 전방의 회색 평원을 바라봤다.

회색 평원에는 화룡이 날개를 가슴에 모은 자세로 서 있었다.

그리고 화룡의 발 앞에는 인간들, 아니, 두 발 달린 짐승의 무리가 집결해 있었다. 그들의 적은 화룡이 아닌 바로 그가 되어 있었다.

키키! 크크! 카카!

짐승의 무리가 몰려온다.

그는 양손을 수평으로 들었다.

손가락에서 초일광이 십 장도 넘게 발출되었다.

오랜 세월 화룡과 싸우면서 성취한 초인의 무력이다.

"킥, 재밌군. 내가 니들을 종말시킬 줄이야······."

그는 살의를 품었다. 대상은 화룡이 아닌, 두 발 달린 짐승의 무리이다.

그는 화룡을 쳐다보며 피식 웃었다.

"왕 노릇을 하며 혼자 잘 살아봐. 난 이 세상에 더는 미련 없으니까."

평원이 온통 초일광으로 뒤덮일 때다.

이해할 수 없는 현상이 그의 눈앞에서 발생했다.

—같은 시간 속에 하나로 이어지는 두 미래가 있습니다. 화룡의 미래도 불변. 당신의 미래도 불변. 두 미래가 모순 없이 공존하려면 어떻게 해야 하죠?

은빛으로 산란된 인영이 그의 눈앞에서 뜻 모를 음성을 전하고 있었다.

그는 눈살을 찌푸렸다.

착시, 착각, 환청, 환각.

그것과 비슷한 경우라고 생각했다.

─어떤가요? 오래전 누군가가 당신에게 내어 준 숙제가 아
닌가요? 아직도 답을 찾지 못했나요?

공명을 울리는 음성이 또 들려왔다.

착시도 아니고 환청도 아니라면 뭐란 말인가.

화룡의 마법인가?

─기억을 떠올리세요. 당신은 답을 모르는 것이 아니라 숙
제를 잊고 있는 겁니다. 화룡과 싸워왔던 당신의 그 긴 세월.
당신은 무엇 때문에 그렇게 악착같이 살아남고자 했나요?

"잊었다고? 내가 뭘?"

그는 은빛 인영의 물음에 점차 빠져들었다. 무언가 뇌리에
서 윙윙거리고 있었는데 그게 무엇인지는 끄집어낼 수 없었
다.

어쩌면 잊고 있다는 그 말이 옳을지도 모른다.

삼십 년 동안이나 진행된 파멸의 세상이다. 기억에 담아둘
만한 일은커녕 지난 행적조차 지워 버리고 싶은 심정으로 살

아왔지 않은가.

"상관없어. 이미 끝난 세상이야. 내가 뭘 기억하고 있든 말든 이제 와서 그게 무슨 의미가 있겠어."

─정말인가요? 당신의 지난 기억은 의미가 없나요? 그렇다면 이건 어떻게 설명하실 거죠?

은빛 인영이 좌우로 갈라졌다. 초일광으로 덮인 평원의 모습이 보인다.

시간이 정지되면 이러하리라. 화룡을 비롯한 평원의 짐승 무리는 이 순간 전부 동작이 멈춰져 있다.

그 정지된 평원의 하늘에서 무언가가 날아왔다.

"아!"

그는 심장이 쿵쿵거렸다.

정지된 시공을 날아오는 백설의 조류.

그가 어찌 저것에 대해 모를 수 있을까.

지난 기억은 의미가 없다고 했던 말, 그건 거짓이다.

세월이 아무리 많이 흘러갔어도, 세상이 아무리 참혹하게 변했어도, 절대 잊을 수 없는 기억이 하나 있다.

너무 소중한 나머지, 혹시라도 잊어버릴까 두려워서 머리가 아닌 가슴속에 꼭꼭 담아둔 연인과의 사연이다.

유월이 그의 손에 안착했다.

전서가 있다.

그는 덜덜 떨리는 손으로 그것을 펼쳐 봤다.

사연 님.

편지를 보냈는데, 답장이 없기에 다시 한 번 글을 적어 보냅니다.

당신.

괜찮은 것 맞죠?

별다른 일이 없는 거죠?

편지를 받으면 답장부터 보내주세요.

당신의 소식을 접하지 못하니 불안해서 가만히 있지를 못하겠어요.

당신의 안전을 항상 기원하는 이추수가 올립니다.

추신.

그래선 안 되지만, 그렇게 하지 않기로 약속했지만, 당신이 너무 걱정되어서 용마촌의 사건 진행을 맹주님께 물어보고 그 상황을 이전 편지에 적어 보냈어요. 혹여 당신 시대의 주변인들에게 영향을 끼친다고 생각하신다면 그 편지는 읽어보지 마세요.

난 상관없어요. 버겐 당신이 가장 소중해요.

당신만 무사할 수 있다면 난 버 운명이 바뀌어도 상관치 않아
요.

"아아!"

이 필체, 이 감성.

하나도 변하지 않았다.

화룡과 싸워온 긴 세월.

무엇 때문에 그렇게 악착같이 살아남았던가.

그는 이제 그 물음에 답할 수 있다.

그건 복수도 아니고 의기도 아니다.

비익조, 연리지.

그는 한 여인과 약속을 했고, 그 약속을 이루기 전까지는
생을 포기할 수 없다.

"이게 대체!"

그는 은빛 인영을 주시했다.

그녀의 전서를 받았다는 것에 가슴이 벅차지만 한편으로
의문의 심정이 중첩되어 머리가 터져 버릴 것만 같다.

삼십 년 전에 보낸 전서.

이게 왜 지금에서야 날아온다는 건가.

이추수의 시대는 사라지지 않았던가.

그녀가 어떻게 전서를 보낼 수 있다는 건가?

―이제 답을 알겠나요? 아직 모르겠다면 현실에 집중하세요. 당신이 현실 인식을 하면 숙제의 답은 어렵지 않게 알 수 있어요.

"으음."

그는 숙제가 무엇이었는지 기억해 냈다.

돌이켜 보니 답이 될 수 있는 해법도 오래전에 생각해 두었다.

다만 그 답은 어디까지나 이론적인 것. 현실화가 가능하지 않다고 판단했기에 생각의 수준에서만 머물다가 뇌리에서 지워졌다.

지금도 그 생각은 크게 다르지 않았다. 아니, 부정의 심정은 가상의 답을 떠올렸을 그때보다 더 심했다.

그게 정답이 되려면 그가 이제껏 살아온 세월을 부정해야 한다.

어떻게 그럴 수가 있는가.

그 아픔, 그 슬픔, 그 분노.

종말의 세상 속에서 겪은 그 모든 감정의 시간이 이토록 생생하지 않은가.

주름진 얼굴과 백발로 변해 버린 그의 모습은 또 어떻게 설명한다는 건가.

그는 은빛 인영을 의문스럽게 쳐다보며 물었다.

"당신은 누구지?"

—나는 숙객. 척룡조의 마지막 조원. 천문을 열어 당신이 잃어버린 세상을 찾아줄 존재.

숙객, 천문.

기억은 빠르게 복구되고 있다. 이능이 죽기 전에 남긴 숙제 속에 들어 있던 단어이다. 단어의 뜻은 물론 아직도 잘 모른다.

"아니, 그거 말고. 숙객으로서가 아닌, 당신의 진짜 정체. 당신은 누구야?"

—내가 누구인지는 당신도 알고 있습니다. 숙제의 답을 떠올리던 그 순간부터 당신은 누군가를 생각하고 있었습니다.

아니라고 답할 수 없다.

그는 이 모든 문제를 풀어내는 한 가지 방식을 알고 있었다.

그 방식은 필연적으로 한 사람의 능력과 이어진다.

"서, 설마!"

은빛 인영의 광채가 엷어지기 시작했다.

서서히 드러나는 인간의 형체.

"으으."

그는 덜덜 떨었다.

설마 했던 이론의 답이 현실이 되어 나타나고 있었다.

세상을 불태운 화룡의 미래는 불변.

이추수와 연정의 전서를 주고받은 그의 미래도 불변.

두 미래가 모순 없이 공존하려면 하나의 미래를 가상으로 만들어야 한다.

그러나 가상의 미래를 만든다는 점에서 그는 이론의 벽을 넘지 못했다.

실제 같은 가상 세계가 어떤 것을 말함인지, 또 어떻게 해야 그 세계를 창조할 수 있는지 오늘 이전까진 전혀 알지 못했다.

그런데 숙객의 정체를 알게 된 바로 이 순간, 그는 그 모든 난해함과 의문을 한꺼번에 풀어냈다.

복잡하게 머리를 굴릴 필요는 없었다. 그냥 그의 삶을 되돌아보면 되었다.

환상?

어림없다.

그가 겪은 종말의 세상은 진짜보다 더 진짜 같았다.

화룡까지도 속았을 정도다.

꿈?

보통의 꿈으로는 절대 설명이 되지 않는다.

이십 대 청춘이 백발의 노인으로 변했을 정도로 현실적인 삼십 년의 세월을 보냈다.

이게 가능하려면 오직 하나의 경우밖에 없다.

실제보다 더 진짜 같은 가상공간.

세월의 흐름까지 겪는 꿈의 구현, 꿈의 완성.

불가공법 몽환영을 겪은 것이다.

"아아!"

그의 떨림은 이제 가슴 벅찬 환희로 변했다.

광채를 지워내고 모습을 드러낸 눈앞의 존재.

훤칠한 키의 백의문사.

짙은 눈썹에 별빛처럼 빛나는 눈.

그의 형, 담사후였다.

담사후가 말했다.

"사연아, 오랜만이네."

"형… 내가 형을…….."

그는 말을 잇지 못하고 눈물을 줄줄 흘려냈다.

담사후가 다가와 그런 그를 다정히 안아주었다.

"말하지 않아도 돼. 지난 세월, 그곳이 꿈이든 현실이든 난 언제나 네 곁에 있었어. 네가 겪은 아픔은 나의 아픔이었고, 너의 분노는 곧 나의 분노였어. 네가 연인을 잃고 삶을 비관할 때는 난 너무 괴로워 몽환영을 깨버릴 생각까지도 했었어. 그러니 우리 사이에 다른 말은 하지 않아도 돼. 내 삶을 두고 내린 너의 결정은 옳았어. 난 네가 그렇게 해준 것이 너무나 기뻐."

"아아!"

그는 형의 가슴에 얼굴을 깊이 묻었다.

겉모습으로는 그가 훨씬 더 늙었지만 이 순간 그는 쉰 살 먹은 장년인도 아니며 스무 살 청춘의 담사연도 아닌, 형을 전적으로 믿고 따르던 유년 시절의 담사연이 되어 있었다.

"사연아, 형에게 물어보고 싶은 말이 많지?"

"응."

"해주고 싶은 말도?"

"응."

"네 심정을 모르진 않지만 너와 나는 지금 해야 할 일이 있어. 안타까워하지는 마. 나의 꿈이 너의 꿈으로 연결되었어. 그건 이제부터 너의 꿈속에 내가 있다는 뜻과 같아. 네가 꿈을 깨지 않고 이곳으로 들어오는 길을 찾을 수만 있다면 넌 언제든 나와 다시 만날 수 있어."

"형, 그 말은?"

그는 형의 가슴에서 빠져나왔다.

꿈의 연결에 대해서는 잘 모르지만, 그 말을 전한 뜻은 알고 있다.

만나자 이별.

형이 헤어짐을 말하고 있는 것이다.

"화룡이 현 상황에 대해 무언가를 의심하기 시작했어. 꿈을 자각하기 전에 지금 화룡을 죽여야 해. 상황 설명은 내가 아닌 다른 사람이 해줄 거야."

그 말을 끝으로 담사후가 전방으로 터벅터벅 걸어갔다.

시공 정지가 풀리며 짐승의 무리가 달려든다. 평원에 발출되어 있던 초일광이 화룡 하나만 남겨두고 그들을 일거에 정리해 버린다.

그 모습을 본 화룡이 노한 울음을 터뜨리며 담사후를 향해 쿵쿵 걸어온다.

"형!"

그는 걱정스러운 심정으로 형을 불렀다. 실제가 아니라고 해도 화룡의 무력은 끔찍스러울 만큼 강하다. 신병이기도, 무공도, 인간들의 집단 공격도, 화룡을 상대로는 아무것도 통하지 않았다.

담사후가 고개를 돌려 그를 바라봤다.

"걱정 마라. 여기는 몽환의 대지. 나는 무엇이든 될 수 있고, 상대가 누구이든 깨버릴 수 있다."

슈우우우우!

그를 돌아본 자세에서 담사후의 신체가 확대된다. 확대되던 중에 담사후의 모습은 금빛을 찬란히 발산하는 용의 모습으로 변한다.

다섯 개의 뿔, 뇌전을 번뜩이는 눈알, 칼날 같은 황금 갈퀴.

구룡 중에서 으뜸의 지성체로 알려진 황룡의 모습이다.

"으응? 골드 드라칸?"

화룡이 걸어오다 말고 깜짝 놀란 반응을 보였다.

갑작스러운 황룡의 출현.

이 상황을 전혀 이해하지 못하는 모습이다.

크아아아!

황룡이 노성을 토하며 화룡을 덮쳤다. 두 용은 몸체가 엮여 바닥을 같이 나뒹굴었다.

황룡은 화룡만큼 강한 용력을 가진 존재. 화룡이 일만 년을 살아온 신적인 존재라고 하더라도 황룡과의 싸움에선 승리를 장담하지 못한다.

"형! 형!"

그는 용들의 싸움을 애타는 심정으로 쳐다봤다. 용들의 싸움에 개입해 형을 도와주고 싶지만 현재 그의 몸 상태로는 그게 가능하지 않았다.

꿈을 자각했던 그 시점부터 그는 육체가 조금씩 부서지고 있었다.

이유는 모르지 않았다. 꿈을 자각하면 몽환영이 깨지게 된다.

현재도 꿈의 한계 그 이상으로 몽환영이 유지되고 있다. 담사후가 강력한 힘으로 그를 잡아두고 있기에 현상이 유지되고 있지, 그렇지 않았다면 그는 이미 꿈에서 깨어났을 것이다.

"형을 믿고 맡겨두게. 자네가 해야 할 일은 따로 있네."

등 뒤에서 귀에 익숙한 음성이 들려왔다.

누가 이곳에 또 있단 말인가?

그는 뒤돌아봤다.

"아!"

오 척 단신의 중년인.

형의 등장만큼 놀랍고 또 반가운 이능의 재출현이었다.

"살아계셨던 겁니까?"

그의 물음에 이능은 씁쓸한 미소를 머금었다.

"그때는 돌아갈 곳이 있었으니 죽고도 살 수 있지만, 지금은 돌아갈 곳이 없으니 살고도 죽을 수밖에 없겠지."

모호한 말이다. 이능이 설명해 주지 않으면 알 수가 없다.

그는 그 말뜻을 알아보기에 앞서 현 상황에 대해 물음을 먼저 던졌다. 의문이 하나둘이 아니었다.

"처음부터 몽환영을 계획하신 겁니까?"

"물론이지."

"하면, 언제부터 몽환영이 걸린 겁니까?"

"그건 나도 정확히 모르네. 자네가 헤수스의 화살을 쏘았을 시점일 수도 있고, 우리가 용면향을 피우며 총공격에 나섰던 순간일 수도 있네. 어쩌면 송태원이 용면향을 찾아내어 적멸대진이 발동되었을 때 바로 걸렸을 수도 있지."

그는 이능의 심정을 이해했다.

현실과 꿈이 너무도 자연스럽게 이어졌다. 형이 출현하지 않았다면 그는 아직도 이게 꿈이란 것을 알지 못했을 거다.

"적멸대진이라고 말씀하셨는데 백포인들의 그 대법이 몽환영과 연결된 것입니까?"

"그러하네. 대법의 정확한 명칭은 화룡망상적멸대진(火龍妄想寂滅大陣)이네. 그들은 배교의 집법술사들인데 적멸대진이 아니었다면 우리는 집단 최면에 빠져들지 않았을 것이네."

"용면향은?"

"용을 일시적으로 잠재우는 향이지. 구룡족의 기록에 보면 용면향으로 화룡을 잠재웠다고 나와 있네. 용마총으로 들어오기 전에 그 사안을 집중적으로 조사해서 확인 과정을 거쳤네."

그는 잠깐 생각해 본 후에 다시 물었다.

"의문이 있습니다. 배교의 적멸대진과 몽환영은 성격이 서로 다른 대법입니다. 또한 몽환영은 적멸대진보다 상위 개념의 공법이라서 적멸대진으로는 몽환영에 접목되지 않습니다. 그 두 개가 어떻게 연결되었는지 나로선 이해가 되지 않습니다."

"자네의 의문은 타당하네. 적멸대진의 수준이 아무리 높다고 해도 몽환영에 바로 연결되지는 않네. 하물며 그 대상들이 일반인도 아닌, 화룡과 절정의 무인들이었네."

"하면?"

"배교의 집법 술사들 속에 여불휘가 있었지. 그러니까 적멸대진에 빠져든 상태에서 우리 모두가 여불휘의 꿈속으로 건너간 것이네. 쉽게 말해 꿈속의 꿈을 꾸었다는 거지."

"아!"

"여불휘의 꿈속에는 몽환의 대지가 있네. 그리고 자네의 손가락에는 몽화의 법체가 있지. 두 사안이 연결되면 담사후를 불러올 수 있네. 몽환영이 일단 발동되면 시간은 의미가 없네. 잠깐 사이에 우리 모두가 담사후의 몽환영에 걸린 거지."

그는 감탄의 심정으로 이능을 쳐다봤다.

이 모든 사안을 계획하고 성사시킨 이능의 능력도 몽환영만큼이나 놀라웠다.

이능이 물었다.

"그래, 숙제의 답을 이젠 알겠는가?"

"네."

그가 고개를 끄덕이자 이능이 희미한 미소를 보이며 말을 이었다.

"시공결을 통한 미래는 반드시. 지켜져야 하네. 만약 미래가 어긋나면 그땐 시공 붕괴로 인해 그 시대를 살아간 모든 이들의 운명이 최악으로 뒤엉키게 되네. 때문에 화룡의 미래가 지나가기 전에는 화룡을 죽일 수가 없었네."

"하면 이제는 화룡을 죽일 수 있습니까?"

"진짜이든 가짜이든 화룡의 미래는 완성되었네. 화룡이 그렇게 믿고 있지. 따라서 화룡의 운명도 이제부터는 생멸의 법칙에 지배받게 되네."

"화룡을 어떻게 죽이죠? 꿈속에서 죽으면 현실에서 깨어나지 않습니까?"

"일반적인 꿈이라면 그렇겠지. 하나, 여기는 담사후가 모든 것을 관장하는 꿈속 세상이네. 담사후는 화룡을 죽인 즉시 화룡의 정신을 장악할 걸세. 그래서 화룡이 현실에서 깨어나면 제정신을 차리기 전에 용문의 적광로로 스스로 뛰어들게 만들 걸세."

이론적으로는 가능하다.

문제는 그 방법을 실행하자면 꿈속에서 화룡을 죽여야 하는데, 그가 보기에 그것도 쉽지는 않을 것 같았다. 몽환의 대지임에도 화룡은 그 불리함을 극복할 정도로 황룡과 대등하게 맞싸우고 있었다.

"형의 능력을 의심하지 말게. 이곳은 몽환의 대지. 화룡이 일만 년이 아니라 백만 년을 살아왔다고 해도 담사후를 이겨낼 수 없네."

"아, 네."

그는 걱정을 지워냈다.

형의 능력을 믿는다. 형이 나서서 해결 못 한 일은 한 번도 없었다.

몽환의 대지가 아니라고 해도 형은 화룡을 죽일 수 있었을 터다.

"자, 시간이 된 것 같으니 이제 우리의 일도 정리하세."

이능의 말이 조금 묘했다.

"정리를 한다니요? 무슨 뜻입니까?"

"으음."

이능은 고민하는 모습을 잠깐 보이곤 말을 이었다.

"내 말을 어렵게 생각하지 말게. 자네가 이곳에서 나갈 시간이 되었다는 거네."

그는 자신의 몸을 돌아봤다.

이능과 대화하던 사이에 몸이 조각조각 균열되어 있었다.

누군가 툭 건드리기만 해도 그의 육체는 모래처럼 부서져 나갈 것 같았다.

"내가 담사후를 도와서 뒤처리를 할 테니 이곳 일은 걱정하지 말게. 현 시각 현실 상황도 아주 긴박하게 흘러가고 있네. 밖에 나가면 자네가 해줘야 할 일이 아주 많네. 내가 따로 서신을 남겨두었으니 그것을 읽어보고 대처하시게."

"알겠습니다."

"그리고 자네 형과의 이별은 아쉬워하지 말게. 쉽지는 않겠지만 훗날에 이곳으로 다시 찾아올 한 가지 방법을 내가 서신에 적어두었네."

"고맙습니다."

형과의 재회. 실로 반가운 말이다.

그는 머리를 깊이 숙여 이능에게 감사의 인사를 전했다.

그때 천번지복의 폭음이 들려왔다.

그는 전방으로 고개를 돌렸다. 화룡과 황룡이 동시에 바닥을 뒹굴고 있었다.

화룡이 먼저 일어났다. 날개를 활짝 펼치고 울부짖는다.

화룡도가 하늘로 날아오른다. 화룡도를 사용해야 할 만큼 황룡이 강했던 것이다.

펙!

스스스스!

화룡도에 관통되자 황룡의 변신이 깨진다.

담사후의 모습이다.

화룡이 목을 이리저리 비틀며 담사후를 노려본다. 무언가 의심스럽다는 뜻이다.

─네놈은 대체 누구냐? 누구인데 감히 내 앞에서 마법을 펼치는 것이냐!

담사후는 화룡의 물음에 답하지 않았다. 화룡을 쳐다보지도 않았다.

담사후는 이 순간 고개를 뒤로 돌려 동생을 바라보고 있었다.

─내가 물었다. 어서 답하라! 네놈은 누구이기에 드라칸의 힘을 가지고 있느냐!

화룡이 다시 물었음에도 담사후는 여전히 담사연을 바라

보기만 하였다.

형제의 눈빛이 교환된다. 굳이 입으로 말을 전하지 않아도 된다. 오가는 눈빛 속에서 형과 동생은 수없이 많은 대화를 나눈다.

―형은 널 믿는다. 삶이 아무리 버거워도 네가 지금처럼 잘 견뎌내 주리라는 것을.

―걱정 마. 형. 선제불사형! 형이 이렇게 존재하는 것을 알고 있는 이상, 난 형보다 먼저 죽지 않아.

―후후, 녀석.

담사후가 흐뭇하게 웃으며 오른손을 들었다.

오른손에서 은빛과 금빛이 쭉쭉 뻗어 나와 하늘 높이 날아갔다.

담사후가 화룡을 돌아보곤 말했다.

"이것은 형이 아우에게 전하는 선물! 세상을 더럽힌 괴수를 응징하는 인간의 힘! 초성광(招星光)의 무력이 오늘 여기, 몽환의 대지에서 구현되리라!"

콰콰콰콰쾅!

초성광이 하늘 끝에서 폭발했다.

수십, 아니, 수천 개로 갈라지는 은빛과 금빛의 빛살!

빗살은 유성우처럼 지상의 화룡을 폭격했다.

"메, 메테오르 서클!"

화룡이 경악의 음성을 부르짖었다.

쾅! 콰콰콰콰콰콰콰쾅!

능광검법 삼식 초성광.

이것은 신의 능력을 따라잡는 인간 무력의 완성이다.

지상의 어떤 존재도 이것 앞에서는 불멸을 외칠 수 없다.

"멋졌어, 형. 그리고 선물 너무 감사해."

초성광이 화룡의 몸체를 수백 조각으로 잘라내던 그때, 담사연은 한줄기 음성을 남기고 몽환의 대지에서 사라졌다.

3장

사라진 전서

태화 팔 년 십이월 이 일 용봉회랑.

그는 어둠 속에서 눈을 뜬다.

밤은 아니다.

이곳은 한 점의 빛도 스며들지 않는 무덤 안이다.

원래는 지금 깨어나면 안 된다.

오늘은 십이월 이 일.

그의 운명이 갈렸던 바로 그 전날이다.

그는 이날만큼은 이추수의 전서를 받지 않기 위해 무덤 속
으로 들어가 태원신공 중의 귀식법을 펼쳐 휴면에 임했다.

하지만, 그는 휴면 상태를 편안히 유지할 수 없었다.

휴면 중에 떠오르는 의문과 의심 때문이다.

현재 진행되는 상황으로 보아 과거의 사건과 현재의 사건은 깊이 연동되는데 그 과정에서 인과가 맞지 않는 무언가가 있었다.

이것은 곧 과거와 현재의 사건을 잇는 과정 중에 어떤 문제가 발생했다는 뜻이다.

"이건 아니야. 그때 무언가가 바뀌었어. 이대로 그냥 두면 안 돼."

의문의 시발점은 과거 사건 속의 아주 작은 오류였다.

보통의 인생 같으면 그냥 지나쳐도 별문제가 없는 사소한 일이겠지만 그에게는 달랐다. 시공 연동이 아직 끝나지 않았다.

무심코 지나쳤던 사안이 나중에는 걷잡을 수 없는 사태로 확대될 수 있었다.

그는 무덤을 파헤치고 밖으로 나왔다.

용마총 방면을 돌아본다.

까마득한 거리.

혹시나 유월이가 찾아올 것을 염려해서 이백 리도 더 멀리 달려와 무덤 안으로 들어갔다.

그는 한 점으로 변한 용마총을 바라보며 생각을 정리해

봤다.

어느 시점부터 오류가 생긴 것일까?

삶의 흐름은 강물과 같다.

과거의 사건 속에서 어긋난 작은 물길을 찾기란 쉽지 않다.

다만 한 가지 사안은 확실하다.

그는 지금 이곳에 있으면 안 되는 존재다.

최소한 오늘까지는 아귀굴에서 나오지 않고 버텼어야 한다.

그가 밖으로 나오는 바람에 전서가 시공을 건너가지 않고 현재의 그에게 날아왔다.

'내가 전서를 보낸 게 문제의 시작이었어. 그래서 사태가 점점 확산되는 거야.'

시공 연동에서 현재의 그는 제삼자였다. 자기 일이라고 해서 과거의 그와 이추수를 잇는 전서에 개입한다면 그건 시공 연동을 깨뜨리는 행위가 될 뿐이다.

한편으로 그가 보낸 전서가 문제의 출발점이라면 현 사태가 본격적으로 확산되는 사안의 시작도 바로 그것과 연결된 전서이다.

몽환영의 세상에서 받은 전서를 보면 이추수는 용마총 진행 상황을 적은 전서를 하나 더 보냈다.

그래선 안 되지만, 그렇게 하지 않기로 약속했지만, 당신이 너무 걱정되어서 용마총의 사건 진행을 맹주님께 물어보고 그 상황을 이전 편지에 적어 보냈어요.

혹여 당신 시대의 주변인들에게 영향을 끼친다고 생각하신다면 그 편지는 읽어보지 보세요.

난 상관없어요. 버겐 당신이 가장 소중해요.

당신만 무사할 수 있다면 난 내 운명이 바뀌어도 상관치 않아요.

그는 용마총 안에서 이추수가 보낸 그 전서를 받은 적이 없다.

따지고 보면 두 번째 전서도 꿈속에서만 보았을 뿐, 실제로는 그가 받은 적이 없다. 그래서 그때 그는 그 전서가 몽환영이 만들어낸 가상의 전서라고 생각해 답장을 보내지 않았다.

하지만 현시점에서 지난 상황을 되돌아보면 이추수는 그때 두 장의 전서를 실제로 보냈을 가능성이 아주 높다. 모종의 세력에게 납치를 당했을 정도로 이추수의 상황은 절박하게 진행되고 있다. 그런 상황에서 그의 죽음까지 알게 되었으니 그녀는 그를 살리기 위해 무엇이든지 하고자 했을 것이다.

사라진 전서.

어디로 갔단 말인가?

다른 누군가가 그를 대신해 받았다는 건가?

그게 가능한가?

유월이가 전서를 전달하는 대상은 그녀와 그가 유일하지 않은가?

"용마총 상황의 진행 과정을 적어 두었다고 했어. 만일 누가 그것을 대신 받아 보았다면 미래의 일을 알게 되는 심각한 문제가 발생해."

미래를 안다는 것.

단순한 문제가 아니다. 전서를 가진 자의 입장에서 그때 당시는 진행 상황에 대해 의구심을 가지겠지만, 그게 실제로 이루어진 후부터는 전서의 가치를 완전히 다르게 여길 것이다.

그때로부터 십오 년이 흘렀다.

십오 년이란 세월은 무언가를 계획하고 실행하기에 충분히 넉넉한 시간이다.

전서를 대신 받은 자가 용마총 사건과 깊이 관련된 악인일 경우, 상황은 더욱 심각해진다. 악인의 운명이 그것 때문에 완전히 달라질 수도 있다.

바뀐 운명과 십오 년의 세월.

그 두 가지가 연동되면 실로 끔찍스런 결과를 초래할 수 있다.

　최악의 경우, 현재의 상황이 과거의 사건에 직접적으로 영향을 끼칠 수 있다.

　과거의 일은 미래로 이어지지만, 인과가 분명한 시공결 상황에선 미래의 사건 결과도 과거를 변화시킨다. 그게 임계점에 다다르면 그건 곧 시공 연동의 파괴이다.

　"이미 시공에 문제가 생겼어. 변화가 두려워 손 놓고 있으면 최악의 상황으로 치닫게 될 거야."

　결정을 내렸다.

　현 상황에 적극적으로 개입해야 한다.

　그는 무기를 챙기고 용마총 방향으로 내달렸다.

　그녀가 향하는 곳은 용마총이다.

　혈지주 사건과 무림맹의 반란.

　전서를 가로챈 의문의 존재와 신마의 등장.

　그 모든 사건이 용마총과 또 연관된다.

　'누구지? 누가 무슨 목적으로 용마총 사건을 다시 일으키는 거지?'

　미래의 결과가 불확실해지고 있다.

　거기에 따라 과거의 사건도 조금씩 변하고 있다.

　그가 알고 있던 어떤 기억도 이젠 확신하지 못한다.

　시공결이 끝나기 전까지 남은 전서는 한 장.

이젠 그것마저 확신 못 한다.

전서는 얼마든지 더 날아올 수 있다.

*　　　*　　　*

태화 팔 년 십이월 이 일 용봉회랑 용금천.

이추수는 용금천의 맑은 수면을 바라보고 있었다.

예전에 그 사람도 벼랑길을 타기 전에 이곳에서 잠시 머물렀다고 하였다.

어쩌면 그때 그 사람도 지금 그녀처럼 용금천을 바라보며 연인을 생각했을 수도 있었다.

끼룩끼룩.

유월이 그녀의 손목 위로 날아와 앉았다.

전서는 없었다.

두 번이나 글을 적어 보냈지만, 그녀의 애탄 심정과 다르게 유월이는 답장 없이 그냥 되돌아왔다.

"유월아, 말 좀 해보렴. 그 사람에게 무슨 일이 생긴 거니? 왜 답장을 해주지 않는 거니?"

유월이 초롱초롱한 눈으로 그녀를 올려다봤다.

무언가 뜻을 전하는 것 같은데 그녀로서는 그 의미를 알 수 없었다.

그녀의 초조함은 맹주의 입을 통해서 그 사람의 죽음을 확인한 후부터였다.

약속을 이루기 전엔 절대 죽지 않는다고 그가 다짐의 전서를 보냈지만, 그건 어디까지나 그 사람의 입장에서였다.

맹주는 실언을 할 위인이 아니며 또한 그 사람의 죽음을 설명하는 맹주의 말은 상당히 구체적이고 실체적이었다.

'즙포왕을 만나봐야 해. 즙포왕은 나를 속일 수가 없어.'

즙포왕도 아비객의 죽음에 얽힌 상황 진행을 알고 있다고 하였다.

용금천에서 즙포왕과 맹주가 만나기로 하였으니 사실 확인을 그때 해보면 되었다.

'정말이면 어떡하지?

솔직히 그녀는 즙포왕에게 그 사실을 물어본다는 것이 두려웠다.

한 번 더 충격을 받을 것만 같았다. 그 시대의 인물들에게 영향을 끼치는 전서를 날린 것도 그런 충격에 자제를 못 했기 때문이었다.

지금은 그 행위가 조금은 후회되었다.

남의 운명을 안다는 것은 그에게 이래저래 부담스런 일이 될 터였다.

운명이 바뀌지 않는 것이라면, 그 사실을 알고 있다는 것만으로도 괴로울 것이고, 바꿀 수 있는 운명이라면 그로 인해 변하게 될 미래의 일이 걱정스러울 것이다.

"이 소저, 맹주님께서 찾으십니다. 그만 돌아가시지요."

백리정의 음성이 들려왔다.

그녀는 상념을 접고 뒤돌아섰다. 백리정이 미소를 보이며 전방에 서 있었다.

훤칠한 키에 잘생긴 남자다. 그녀를 바라보며 미소 짓는 표정에선 여유로움이 철철 넘친다.

이전에는 백리정의 이런 모습이 가문의 배경 때문이라고 여겨 좋게 보이지 않았으나 얼마 전부터는 그녀의 생각이 많이 바뀌었다.

관이 열렸을 때, 그녀는 백리정의 환한 미소를 가장 먼저 접했다.

그 모습은 그녀가 이전까지 느껴왔던 백리정에 관한 선입감을 지우게 하였다.

"어, 비둘기가 있네. 소저의 애완조입니까?"

유월이 날개를 퍼덕이며 백리정의 손등으로 날아올랐다.

"하! 이놈 봐라? 사람을 무서워하지 않네?"

백리정이 유월이를 살살 어루만졌다. 그런데 유월이의 이어지는 반응이 예사롭지 않았다.

구구구!

유월이 뾰쪽한 부리로 백리정의 손등을 마구 쪼아댔다.

"유월아, 그러면 안 돼. 이리로 와."

그녀의 말에 유월이 백리정의 손에서 벗어났다.

유월은 이추수의 어깨에 올라가서도 백리정을 노려보며 날개를 퍼덕였다.

백리정이 떨떠름한 얼굴로 말했다.

"쟤는 내가 싫은 모양입니다. 오늘 처음 보는데 이런 대접이라니 그것참……."

"백 소협은 신경 쓰지 마세요. 유월이의 신경이 지금 예민해져서 그래요. 평소에는 착한 아이이니 잘해주세요."

"아, 네. 당연하죠."

백리정이 어색하면서도 기분 좋은 미소를 지어 보였다.

소협이라는 존칭.

그녀의 입에서 이런 말을 듣기는 이번이 처음이다.

이전에는 샌님, 멀대, 나아가서는 멍청이란 소리까지 들었다.

"맹주님께 가죠."

이추수가 앞서 걸었다. 백리정이 그녀의 옆에 바짝 다가오자 유월이 다시 날개를 퍼덕이며 접근을 막았다. 하지만 이제 그녀의 시선에서 자유로운 상태다.

백리정이 유월이를 못마땅하게 노려봤다. 영문을 모르니

백리정으로서는 내심 짜증이 날 터다.

용금천 폭포 옆이다.

송태원은 그곳에서 백리문과 대화를 하고 있었다.

이추수의 다가옴을 본 송태원이 대화를 중단하고 그녀를 응시했다.

"그래, 안정이 좀 되었느냐?"

"네, 못난 모습을 보여서 죄송합니다."

이추수는 정중히 고개 숙여 사과했다.

아비객의 죽음을 듣게 된 후, 그녀는 거의 막무가내의 심정으로 용마총에 관한 상황을 물었다. 송태원의 덕성이 깊어 용인된 일이지, 다른 사람 같았으면 답변에 앞서 엄하게 꾸짖음 당했을 것이다.

송태원이 물었다.

"하면 이제 네가 왜 그때의 일을 알고자 했는지 이유를 말해다오. 용마총 사건이 대체 너하고 무슨 상관이 있는 거냐?"

이추수는 잠시 갈등했다. 계속 숨길 수 있는 문제가 아니다. 그는 이미 무언가를 의심했다.

그런 상태에서는 그녀가 말을 둘러댄다고 해서 속아 넘어갈 대상이 아니다.

"조금만 더 기다려 주시면 안 되겠습니까? 스승님께서 오시면 그때 다 말씀드리겠습니다."

송태원이 잠깐 생각하곤 고개를 끄덕였다.

"알았다. 내 너를 믿고 이 자리에서는 더는 묻지 않겠다. 하나 줍포왕이 오면 한 치의 숨김도 없이 사실대로 말해야 한다는 것을 명심해라."

"네."

이추수가 한 번 더 고개 숙였다.

송태원은 이추수의 그런 반응을 진하게 쳐다보곤 시선을 백리문에게 돌렸다. 이추수로 인해 중단되었던 대화를 잇고자 하는 것이다.

"백 형께선 좀 전의 내 이야기를 어떻게 생각하십니까? 공상이나 망상처럼 들리지 않습니까?"

백리문이 관심 어린 얼굴로 말했다.

"실은 오래전에 항룡단 소속이었던 황양명을 만나 그 이야기를 들었습니다. 솔직히 그땐 황양명의 말이 너무 터무니없게 들려 제대로 판단해 보지 않았습니다. 한데 지금 송 맹주의 입에서 그 이야기를 다시 듣게 되니 기분이 아주 묘하군요. 나는 그때의 일을 조금 더 듣고 싶습니다. 몽환영으로 펼쳐진 파멸의 세상, 정말 맹주께선 조금도 눈치를 채지 못했습니까?"

"몽환영의 세상은 직접 겪어봐야 그 가치를 알 수 있습니다. 내가 어떤 말을 한다고 해도 그 세계를 바르게 설명할 수 없습니다. 분명한 것은 세월이 한참 지난 현재까지도 그때 겪은 일이 내 기억에 실제처럼 그대로 남아 있다는 겁니다. 휴우, 그때만 생각하면……."

이추수는 맹주의 모습을 그냥 쳐다볼 뿐 송태원이 들려주는 이야기는 대충 흘려들었다. 그녀는 이 순간에도 담사연에 대해서만 생각하고 있었다.

"앞서 말씀드렸듯 용마총에서 화산이 폭발했을 당시 나는 천운으로 살아남았습니다. 정신을 차리고 주변을 돌아보니 온 천지는 화산재로 덮여 있고, 생존자는 나 외에 아무도 없었지요."

"그래서요? 맹주님은 그 후에 어떻게 되셨습니까?"

백리정이 호기심 어린 얼굴로 대화에 개입했다. 몽환영에 관한 송태원의 말은 백리정도 같이 들었다. 송태원의 명에 이추수를 불러온다고, 세상 파멸에 관한 이야기를 끝까지 듣지 못했다.

"그 상심과 그 절망을 어찌 다 말로 할 수 있을까요. 그때 난 정말 죽을 만큼 괴로워하다가 결국 홀로 용봉회랑을 빠져나갔지요. 한데, 좀 전에도 말했듯 내 인생에서 진짜 지옥은 그때부터였습니다."

"흐음."

"화룡이 강북의 도시를 날아다니며 차례로 파멸시켰습니

다. 인간이 무차별로 학살되는 가운데 화산까지 연이어 폭발했고, 강북 지역은 굶주림과 질병에 고통 받고, 도둑질과 강탈 행위가 만연하는 지옥 세상이 되어버렸지요. 그때 난 반은 미쳐서 세상을 돌아다니다가 산서결집에 참전했는데 결국 그 싸움에서 화룡의 발에 밟혀 죽고 말았지요."

죽는 과정은 이미 앞서 상세히 이야기했다.

송태원이 지금부터 하는 이야기는 백리문도 들어보지 못한 내용이다.

"되살아났을 때 그게 꿈이란 것을 알고는 난 정말 귀신에 홀린 심정이었습니다. 솔직히 그땐 그곳이 이승이 아닌 저승이라고 여겼습니다."

백리문이 물었다.

"다른 사람도 꿈을 꾼 것입니까?"

"물론입니다. 척룡조뿐이 아닌, 용비광장에 있던 모든 이들이 세상 파멸의 꿈을 꾸었습니다. 더욱 놀라운 것은 파멸의 꿈은 같은데 꿈속에서 접한 각자의 내용이 전부 달랐다는 거지요."

"다시 들어봐도 잘 믿기지 않습니다. 일반인도 아니고, 무림 고수들이 그렇게 꿈과 현실을 구분하지 못하다니……."

불신의 심정을 드러내는 백리문이다.

송태원은 그 마음을 안다는 듯 씁쓸한 표정을 지으며 말을 이었다.

"백 형께 굳이 믿으라고 강요하지 않습니다. 다만, 용마총 사건에서 강호인들이 잘 모르는 그런 일이 벌어졌기에 이 세상이 무사했다는 것입니다. 그런 점에서 보면 그때 아비객은 정말 파멸의 세상에서 구원자와 다름없는 역할을 했습니다."

"응?"

송태원의 이야기를 대충 듣던 이추수가 문득 눈을 빛냈다.

파멸의 구원자.

연인에 관한 이야기가 거론되고 있었다.

"나는 화염지옥의 세상을 고작 일 년 동안 겪었지만 그 사람은 그때 무려 삼십 년의 세월을 그 속에서 보냈습니다. 우리가 화룡을 죽일 수 있게 된 것도 알고 보면 그가 그렇게 긴 세월을 버티며 화룡과 싸워주었기 때문입니다."

백리정이 송태원의 말을 불쑥 잘랐다.

"에이, 삼십 년이라니요. 그건 정말 말도 안 됩니다. 그냥 세월을 건너뛰어 삼십 년을 보냈다고 생각했겠지요."

송태원과 백리문이 동시에 백리정을 쳐다봤다. 이추수도 불편한 시선을 던졌다. 백리정이 함부로 끼어들 자리가 아니었다.

"죄송합니다. 제가 그만 맹주님의 이야기에 너무 심취해서……"

송태원은 백리정의 버릇없는 개입을 나무라지 않았다. 이런 반응. 지난 시절 한두 번 겪어본 것이 아닌 것이다.

"내가 그 이야기를 하면 대부분 정이처럼 반응을 합니다. 어떻습니까? 백 형의 생각도 크게 다르지 않지요?"

"흐음."

백리문이 대답 대신 고개를 끄덕였다. 백리정의 주장에 동의한다는 뜻이다.

"척룡조 역시도 처음엔 그 사실을 믿지 않았습니다. 몽환영이 아무리 경이로운 세계라고 해도 꿈속에서 그토록 오랜 세월을 산다는 것이 이해가 되지 않았던 겁니다. 한데……."

"근거가 있다는 겁니까?"

"꿈에서 깨어난 그는 우리의 불신을 단번에 지워 버리는 무력을 발휘하더군요. 용문의 노마들을 일검에 물리친 것은 물론, 여불청과 군자성까지도 홀로 대등히 상대했지요."

백리문이 확인 차원의 물음을 던졌다.

"송 맹주의 말은 그가 꿈속의 세월을 보내며 절정의 무공 성취를 이루었다는 겁니까?"

"네."

"하나 그걸 믿어준다고 한들, 현실의 육체는 그대로입니다. 수련과 단련이 없는 상태에서 내공이 어떻게 강해질 수 있겠습니까?"

"내 말은 초식의 수준이 이전과 비교가 안 될 정도로 높아졌다는 겁니다. 만약 그때 그가 내공까지 강했다면 용마총 사태는 무림사의 기록과 완전히 다른 방향으로 흘러갔을 겁니다."

"흐음."

백리문이 무언가를 잠깐 생각하곤 물음을 멈췄다.

초식의 사용법이 화경의 경지에 이르면 그땐 내공 고수도 능히 상대할 수 있다.

무림의 일례를 멀리서 찾을 필요는 없다. 검선이라 불리는 백리문 자신의 무력이 바로 그렇다.

백리문의 침묵 중에 백리정이 심정을 토로했다.

"후아, 맹주님의 이야기를 들어보니 아비객은 생의 집착이 엄청나게 강했던 인간이군요. 종말의 세상에서 삼십 년이나 버티다니… 나 같으면 백 번도 더 혀를 물어버렸을 겁니다."

"그만큼 그에게는 살아남아야 했던 목적이 분명했던 게지."

"그게 대체 뭐죠? 세상 모든 이들이 죽었는데 무슨 이유가 또 남아 있단 말입니까?"

송태원은 백리정을 불편하게 쳐다볼 뿐, 답변하지 않았다.

그 역시도 아비객이 끈질기게 살아남아야 했던 이유에 대해서는 잘 모르고 있는 것이다.

"으음."

이추수가 문득 창백한 안색으로 신음을 흘려냈다.

송태원이 걱정스럽게 물었다.

"왜 그러느냐? 유괴됐던 여파가 아직 남아 있는 것이냐? 아무래도 안 되겠다. 즙포왕이 오면 넌 무림맹으로 돌아가도록 해라."

돌아가라는 말에 그녀가 급히 몸을 바로잡았다.

"아닙니다. 일시적인 현기증에 지나지 않으니 그 말씀 거두어 주세요. 저는 이번 기회에 용마총에 꼭 들어가 보고 싶습니다."

송태원은 이추수를 잠시 묘하게 살펴본 후에 화제를 돌렸다.

"그나저나 이 사람은 왜 이렇게 늦지? 약속 시각이 한참 지났는데……."

즙포왕을 두고 하는 말이었다.

즙포왕은 앞서 보낸 전갈에서 중요한 무언가를 확인할 게 있다며 맹주 일행에게 용마총으로 들어가지 말고 용금천에서 기다리라고 하였다.

즙포왕의 의도가 무엇인지 현재로썬 송태원이 알 수 없었다.

구체적인 것은 즙포왕을 직접 만나봐야 알 수 있었다.

송태원의 말 이후로 한동안 대화가 단절된 대기 시간이 이어졌다.

송태원은 벼랑길을 올려다보며 전날의 추억에 잠겼고, 백리문은 용금천 주변을 천천히 거닐며 사색에 잠겼다.

대기 시간이 길어지자 이추수는 현 자리에서 조용히 물러나 용금천 뒤편의 숲으로 들어갔다.

주변에 아무도 없자 감정이 북받쳐 오른다.

그녀는 참고 참았던 눈물을 왈칵 쏟아내며 필기구를 꺼내 들었다.

"바보 같은 사람. 나 같은 게 뭐라고… 그렇게… 그렇게……."

당신.

정말인가요?

화염지옥의 꿈속에서 나 때문에 그렇게 오랜 세월을 버틴 건가요?

*　　　*　　　*

전서가 날아왔다.

우려했던 대로 그의 기억 속에는 없던 전서이다.

두 가지 경우다.

원래 예정된 일인데 미래의 그가 받았기에 과거의 그가 알지 못했던 전서일 수도 있고, 아니면 무언가 바뀐 사건의 흐름 속에서 새롭게 작성된 전서일 수도 있다.

확실한 것은 이 전서를 그가 받아보아야 한다는 거다.

전서를 받지 않으면 또 다른 내용의 전서가 날아올 것이고, 그러다 보면 현 사태가 수습이 안 될 정도로 뒤틀려 버리게 된다.

그는 전서를 받아 펼쳐 봤다.

당신.

정말인가요?

화염지옥의 꿈속에서 나 때문에 그렇게 오랜 세월을 버틴 건가요?

바보 같은 사람.

희망이 없는 종말의 세상이었어요.

나와의 약속이 뭐가 그리 대단하다고 그토록 끈질기게 살아남았나요.

난 이제 알겠어요.

아니, 당신의 운명을 의심하지 않겠어요.

세상 사람들이 당신에 대해 무엇이라고 말하든, 세상의 기록이 어떻게 남았든 난 이제부터 당신의 생존을 무조건 믿을 거예요.

날 매번 이렇게 울리는 당신.

당신은 지금 어디에 있나요?

당신의 모습을 눈으로 보고 싶습니다.

당신의 음성을 귀로 들어보고 싶습니다.

제발, 제발,

어서 내 앞에 나타나 주세요.

"으음."

전서를 읽어본 그는 가슴이 마냥 저렸다.

글자 하나하나에 그녀의 애탄 심정이 고스란히 담겨 있었다.

이대로 두고만 볼 수 없었다.

그는 심호흡을 하고 필기구를 꺼냈다.

그의 생존을 그녀가 믿는다고 했지만 그건 다분히 감정적 인 표현 방식이었다.

더 큰 비관에 빠지기 전에 답장을 보내 그녀의 심정을 달래 주어야 했다.

추수 님.

답장이 늦어 미안합니다.

화염지옥의 꿈속 세상을 누군가로부터 전해 들으신 모양인데 강호의 말은 원래 과장되게 마련입니다.

꿈속에서 내가 보낸 삼십 년의 세월은 단편적인 장면이 짧게 이어진 시간의 흐름이었지, 현실의 그것처럼 그렇게 길고 선명히 흘러간 시간이 아니었습니다.

하니, 내가 꿈에서 보낸 세월에 대해 너무 상심하지 마세요.

난, 보통 사람들보다 조금 더 긴 꿈을 꾸었을 뿐입니다.

그리고 이제 와서 되돌아보면 꿈속 세상이 내게 고된 삶만 안겨 준 것은 아닙니다.

난, 꿈속에서 화룡과 오랜 시간 맞싸우며 상승 무공의 발현에 대해 눈을 뜨게 되었습니다. 현실에서는 접근조차 되지 않았던 망량과 망선까지도 그 속에서는 마음껏 펼쳤을 정도이지요. 상승 무공의 맛을 보았습니다. 먼 훗날에는 아마 그것을 현실에서도 발휘할 수 있게 될 겁니다.

한 가지 더 기쁜 일은, 내가 꿈속에서 형을 만났다는 겁니다. 현실이 아니더라도 형이 그렇게 건재하다는 것은 내게 또 다른 희망이 있는 것과 같습니다. 어쩌면 훗날, 추수 님과 같이 형을 만나게 되는 시간을 가져볼지도 모르겠습니다.

추수 님.

지금 몹시 힘든 시기라는 것을 잘 압니다.

내 운명에 대해 불안한 심정을 가지신 것도 당연합니다.

하지만 그럴수록 당신이 굳건히 버텨주었으면 합니다.

이제 얼마 남지 않았습니다.

나를 믿고 조금만 더 기다려 주세요.

당신을 절대 실망시키지 않을 겁니다.

추신.

이유는 묻지 마시고 당신의 현 위치를 버게 알려주세요.

급한 일입니다.

전서를 받으시면 바로 답장을 보버주세요.

전서를 작성함에 감정 표현은 자제하고 사실적인 내용 위주로 적었는데 한 가지 사안은 거짓말이었다.

꿈속에서 그가 보낸 세월은 현실의 시간과 거의 차이가 없었다.

기억되는 장면도 현실에서 겪은 일처럼 뇌리에 생생하게 남았다.

그래서 그는 나이를 계산할 때면 꿈속 삼십 년 세월을 합쳐야 하는 것이 아닌가 하고 고민 아닌 고민에 빠지기도 했다.

전서를 날려 보낸 지 한 식경.

이추수의 답장이 날아왔다.

전서를 읽고 답장을 적는 시간을 빼버린다면 곧바로 날아왔다고 봐야 한다. 그만큼 두 사람의 거리가 가깝다는 뜻이리라.

여긴 용금천이에요.

당신도 이곳에 머무른 적이 있다고 하더군요.

참! 형님을 만났다는 말 정말이에요?

그렇다면 그건 정말 기쁜 소식이네요.

나중에 나도 기회가 된다면 당신과 같이 형님을 꼭 만나보고 싶
어요.

헤헤.

그분을 보면 감사하다는 말부터 할래요.

형님은 당신과 나를 이어준 고마운 분이니까요.

이상. 당신의 편지에 이제 더는 울지 않는 이추수가 올립니다.

'용금천!'

이추수의 위치가 파악됐다. 그는 전서를 챙겨 넣고 용금천
방면으로 곧장 내달렸다.

달려갈 때 마음은 한결 편했다. 그가 보낸 답장에 그녀의
글이 다시 밝아져 있었다.

'그래, 이게 최선이야. 마지막 편지가 날아갈 그때만 잠시

피해 있으면 돼.'

그녀가 마지막으로 보낸 전서는 서간지로 작성된 것이 아닌, 옷을 찢어내서 적어 보낸 글이다. 그러기에 그녀의 주변에 머물러 있다가 그녀가 옷을 찢어낼 시점이 되면 몸을 멀리 피하겠다는 생각이다.

한편으로 그녀의 주변에 머무른다고 해서 무엇을 어떻게 해본다는 계획은 아직 없었다.

사건의 중심에 그녀가 있고, 한순간만 방심하면 그녀는 위험한 상황에 처하게 된다.

그는 그녀가 마지막 편지를 보낼 때까지 곁에서 안전하게 지켜주겠다는 생각뿐이다.

'이추수, 걱정 마. 네겐 아무 일도 벌어지지 않을 거야.'

그녀의 안전을 염려했기 때문일까?

경신술의 속도가 한층 빨라졌다.

이중으로 가속되는 신법.

능파보의 발휘이다.

꿈속에서 사용했던 망선을 사용할 수 있었다면, 그는 이미 용금천에 도착해서 그녀를 몰래 지켜보고 있었으리라.

4장

용문의 구원자

태화 팔 년 십이월 이 일 용금천 백리전.

쓰린 기억은 즐거웠던 기억보다 더 오래 인간의 뇌리에 남는다.

용봉회랑에 들어선 즙포왕의 기억이 바로 그렇다. 즙포왕은 뇌리에 남은 불편한 기억으로 인해 지난 십오 년 동안 이곳을 한 번도 방문하지 않았다.

동료들을 잃은 곳이라는 것은 이유의 전부가 아니었다. 척룡조의 희생과 도움으로 오늘의 즙포왕이 되었다. 그게 이유의 전부였다면 오히려 그들의 넋을 기리기 위해 그는 매년 이곳을 찾아왔을 것이다.

줍포왕이 이곳을 찾지 않은 진짜 이유는 그의 포교 인생에서 지우고 싶은 일탈 행위가 바로 이곳에서 벌어졌기 때문이다.

정확히 말하면 진짜 삶이 아닌 가상의 삶에서 벌어진 일탈 행위이다.

용마총에서 몽환영을 겪은 사람들은 그때의 이야기를 함에 하나같이 경이로움과 찬사를 늘어놓지만 줍포왕은 이때까지 그 상황에 대해 거의 입을 다물고 살아왔다. 남들이 자꾸 물어오면 자신은 화산 폭발과 동시에 죽었기에 꿈의 세상에 대해선 잘 모른다고 대답했다.

하지만 그건 바른 답변이 아니었다.

사실 그는 다른 누구보다 지독하게 몽환영을 겪었다.

송태원은 고작 일 년 동안 겪은 몽환영으로 화염지옥의 세상을 이야기하고 다니지만 그는 장장 칠 년 동안이나 꿈의 세상에서 살았다.

그때 그는 민의 삶을 돌보는 포교도 아니고, 화룡과 맞싸운 의기의 무인도 아니었다.

그는 살아남기 위해 화룡을 피해 도망 다녔고, 그러면서 민의 삶을 해치는 폭도의 수괴로 생을 연명했다. 식량을 구하고자 강탈 행위를 일삼았고, 때론 아무런 사유 없이 살인까지도 저질렀다.

돌이켜 보면 자신이 왜 그렇게 험하게 생활했는지 이유가 석연치 않았다. 한 톨의 쌀도 구하기 힘든 세상에서 생존을 목적으로 살아가다 보니 그렇게 잔인무도한 폭도의 수장이 되어 있었다.

꿈에서 깨고 난 후, 그는 그 기억을 지우고자 온갖 노력을 다했다.

하지만 그럴수록 폭도로 살아왔던 기억은 그의 머리에 선명히 남아 현실의 삶을 괴롭혔다.

지울 수 없는 기억이라면 그 기억과 관련된 모든 것을 멀리하리라.

그는 그런 심정으로 지난 시절 용마총으로는 일절 접근하지 않았다.

무림맹의 위급 사태가 아니었다면, 아니, 이추수가 연관된 사건이 아니었다면 지금처럼 용마총으로 향하는 일은 없었을 것이다.

그는 아직도 그때의 기억을 수치스러워한다. 정확히 말하면 두려워한다.

그의 내면에 자리한 폭력성이 꿈의 세계를 통해 표출된 것일지도 모르기 때문이다.

조광생의 음성이 즙포왕의 상념을 깨워냈다.

"용봉회랑이 대륙의 뼈대와 같다고 하더니, 그 말이 과연 틀리지 않군요. 이토록 거대한 암벽 지대는 천하 어디에도 없을 겁니다."

즙포왕은 조광생이 말한 의도부터 살폈다. 용봉회랑의 경치를 보며 한가하게 심정이나 읊을 위인이 아니었다. 조광생의 시선은 현재 우측 전방으로 향해 있었다.

대략 이백 장 거리.

절망의 평원이 본격적으로 시작되는 지점에서 정체불명의 무인들이 보이고 있었다. 일견하기에도 오백 명에 가까운 무장 병력이었다.

"어떤 단체인지 알아봐라."

즙포왕은 수석 포교에게 명을 내린 다음 조광생과 같이 그곳으로 천천히 걸어갔다.

걸음 중에 조광생이 물었다.

"용금천은 여기서 얼마나 떨어져 있지요?"

"백 리 정도 됩니다."

"우회하는 길은 없습니까?"

"있긴 하지만 돌아간다면 오백 리도 훨씬 더 될 겁니다."

"흐음, 그렇다면 뭐 방법이 없군요."

조광생의 걸음 속도가 빨라졌다.

전방에 정체불명의 무인들이 포진해 있음에도 꺼리는 기

색은 전혀 없었다.

거리가 백 장으로 좁혀질 시점에서 수석 포교가 즙포왕의 앞으로 달려와 무언가를 귓속말로 전했다.

뜻밖의 단체인 듯 즙포왕의 얼굴이 순간적으로 굳어지고 있었다.

수석 포교가 뒤로 물러난 후, 조광생이 물었다.

"어떤 단체인데, 그러십니까?"

"천밀원."

"천밀원? 맹주의 부인이 거느린 단체 아닙니까?"

"맞습니다. 천밀원주 주서희가 반맹에 가담한 무인들을 데리고 나왔습니다."

조광생은 흥미와 의문이 뒤섞인 표정으로 말했다.

"맹주의 부인이라……. 하! 이거 재밌게 흘러가는군."

감정 표현을 자제했을 뿐, 즙포왕의 심정도 조광생과 별반 다르지 않았다. 무장 병력으로 길을 막은 의도는 둘째 치고, 주서희가 어떻게 이곳에 나타날 수 있는지 그것부터 의문스러웠다.

주서희는 혈지주 사건과 무림맹 반란 사건의 수사 선상에 오른 용의자였다.

그래서 맹주의 특명을 받은 충정검대가 그녀를 천밀원에 연금해서 집중적인 감시를 하고 있었다.

그런 주서희가 이곳에 나타났다는 것은 곧 충정검대의 포진을 무력으로 뚫고 나왔다는 뜻이었다.

'충정검대를 뚫어낼 무력이 천밀원에 있었던가? 그것도 아니라면 충정검대까지 반맹에 가담했다는 건가?'

즙포왕이 의구심을 품던 사이에 전방의 포진에서 연푸른 화의를 입은 여인이 홀로 걸어 나왔다. 천밀원주 주서희였다.

즙포왕과 조광생은 걸음을 일단 멈추고 주서희의 행동을 지켜봤다.

주서희가 십 장 앞까지 다가왔다.

올림머리에 비녀를 단정히 꽂고, 엷게 화장한 그 모습.

적어도 아직까지는 무림맹의 안주인으로서 품위와 정숙함을 잃지 않고 있는 주서희였다.

주서희가 십 보 앞에서 멈추자 즙포왕이 먼저 입을 열었다.

"부인께서 어찌 이곳에 나와 있습니까? 천밀원을 나오지 말라는 맹주의 명까지도 이제는 듣지 않겠다는 겁니까?"

주서희가 말했다.

"생사의 기로에 처한 남편을 구하고자 밖으로 나왔는데 그것도 죄가 되나요?"

주서희의 담담한 답변에 즙포왕은 눈매를 가늘게 좁혔다.

무공을 모른다고 알려진 맹주의 둘째 부인이다. 한데도 포청지존과 점창지존이란 무림의 두 거물을 눈앞에서 상대함에 아무런 위축을 받지 않고 있다.

'무공을 숨길 수 있을 정도로 고수였다는 말인가?'

즙포왕은 확인 차원에서 음성에 내공을 강하게 실어 말했다.

"부인은 지금 대포청의 공무를 막는 범죄 행위를 하고 있소. 길을 열지 않는다면 공무방해죄를 추가하여 현장에서 즉결 체포하겠소."

"나를 체포한다고요? 누가요? 당신이? 아니면 당신 옆에 자리한 사천의 검귀가?"

"으음."

조광생의 눈빛이 싸늘해졌다.

사천의 검귀.

조광생으로서는 실로 오랜만에 들어보는 비하 용어이다.

즙포왕이 조광생보다 먼저 대응에 나섰다.

"내 눈이 의심스럽군. 내 앞에 자리한 여인이 지난 세월, 맹주의 둘째 부인으로 천밀원에서 숨어 지내듯 살아온 주서희란 분이 진정 맞기는 한 거요?"

판단은 끝났다. 내공을 실은 음성 압박에 주서희는 눈빛조차 흔들리지 않았다. 그녀가 조광생을 자극하는 말재주를 보인 것은 즙포왕에게 그런 시험을 하지 말라는 뜻에서 보인 경고다.

'일급? 아니야, 그보다 한참 높아.'

줍포왕이 더 확인해야 할 사안은 주서희의 무공 수준이다. 느낌으로만 판단하면 사존이나 오왕의 무력에 육박하는 초고수인 것 같다.

주서희가 강한 어조로 말했다.

"판단은 자유지만 결정은 신중히 하세요. 우린 이제 되돌아갈 곳이 없어요. 피를 흘리면 그땐 우리도 끝장을 봐야 합니다."

주서희는 말과 함께 두어 걸음 앞으로 나섰다.

포교들이 일제히 칼을 빼 들었다. 주서희 뒤편에 포진한 무인들도 이 순간 병기를 뽑아 들었다.

일촉즉발의 분위기 속에서 주서희가 오른손을 살짝 들었다. 무인들의 준동이 멈췄다.

주서희는 다소 부드러워진 얼굴로 줍포왕을 바라보며 말했다.

"줍포왕은 지금 나를 오해하고 있어요. 난 거래를 하기 위해 이 자리에 나왔지, 대포청의 공무를 막고자 여기 온 게 아니에요."

줍포왕은 불편한 안색으로 반박했다.

"거래라고? 그걸 변명이라고 하시는 거요? 하면 대포청의 포교들을 보고도 칼을 뽑아 든 저 무인들은 어떻게 설명하실 거요?"

"이 사람들은 나 때문이 아니라 무림맹을 지켜내겠다는 대의로서 행동에 나선 것이에요."

"하! 대의? 말을 삼가라. 언제부터 반맹의 행위가 대의가 되었던가!"

즙포왕의 음성이 거칠어졌다.

조광생에게 공격이 임박했음을 알리는 신호이다.

서로의 거리는 일곱 걸음.

주서희가 사존에 육박하는 고수라고 한들 조광생의 도움을 받는다면 어렵지 않게 제압할 수 있다.

주서희가 낮게 한숨을 내쉬곤 말을 이었다.

"믿든 안 믿든 그건 당신 마음이에요. 중요한 것은 지금 당신은 우리와 거래를 해야 한다는 거예요."

"내가 왜 원치도 않는 거래를 한다는 말인가?"

"거래를 하지 않고 용마총으로 들어가면 오래전 그날 같은 대량 학살전이 또 벌어져요. 당신과 맹주님은 이 죽음의 덫에서 빠져나올 수가 없어요. 이번엔 당신들을 구원해 줄 아비객도 없단 말이에요."

"응?"

즙포왕은 물음을 멈추고 주서희를 노려봤다.

오래전 그날.

십오 년 전의 용마총 사태를 뜻한다.

현 상황이 그 정도로 심각하다는 건가?

솔직히 믿기 어렵다.

아비객이 없는 것은 맞지만, 상대편에도 화룡과 군자성, 여불청과 매불립이 없다.

그런 상황에서는 적이 누가 되더라도 송태원과 즙포왕이 거뜬히 막아낼 수 있다. 조광생과 백리문이라는 든든한 조력자도 있지 않은가.

"적들의 전력을 섣불리 판단하지 마세요. 오랜 세월 어둠 속에서 힘을 키워온 적들이에요. 그들이 무림의 권력만을 탐했다면 삼 년 전에 이미 무림맹의 주인이 바뀌었을 거예요."

주서희의 이 말 또한 틀리지 않다.

적은 나를 알지만 나는 적을 모른다.

이건 필패로 가는 수순이다.

즙포왕은 생각을 바꾸어 일단 거래의 목적부터 물었다.

"거래에 응하면 부인은 내게 무엇을 요구하겠다는 것이오?"

"사면권이에요."

"사면권?"

"오늘 이전까지 있었던 그 어떤 죄도 처벌하지 않는다는 완전한 사면권을 우리는 원해요."

주서희가 사면권을 요구한 것은 조금 뜻밖이다.

이것은 다시 말해 그녀의 과거가 단순하지 않다는 것을 의미함이다.

즙포왕은 한동안 생각한 후에 고개를 저었다.

"미안하지만 그건 내 권한이 아니외다. 부인의 말은 안 들은 것으로 하겠소."

"무림맹주의 동의가 있어야 한다는 것쯤은 나도 잘 알아요. 남편과는 내가 따로 거래할 테니 당신은 이 자리에서 사면권을 준다는 확답과 서명만 해주시면 되요."

"거절하오. 나는 반맹의 주범들에게 사면권을 주고 싶은 생각이 없소. 죄가 있으면 그에 합당한 처벌을 받아야 한다는 것이 내 포교 지론이오."

거래 성사에 확신이 있다는 듯 주서희는 즙포왕의 거듭된 거절에도 불구하고 담담한 표정을 유지했다.

"자신하지 마세요. 당신은 곧 우리와 거래를 하게 될 거예요."

"내가 왜?"

"이 사건의 본질을 알고 싶지 않나요?"

"본질?"

"혈지주 사건과 반맹 사건이 연동된다는 것은 당신도 알고 있을 거예요. 혈지주 사건이 왜 일어난 거죠? 변태 성욕자의

범행? 그렇게 여긴다면 그건 정말 단순하다 못해 멍청한 생각
이지요."

"……."

"그리고 혈지주 사건 수사를 막고자 반란을 일으킨다? 왜?
무엇 때문에 반맹 세력은 자신들의 조직이 노출되는 위험을
감수하는 거죠?"

"……."

줍포왕은 답변을 못 했다. 주서희의 말처럼 사건의 본질을
모르기에 수사를 아무리 진행해도 그 실체적 진실에는 접근
할 수 없었다.

"당신은 그 본질을 알고 있다는 건가?"

줍포왕의 물음에 주서희가 묘한 미소를 머금었다.

"이추수."

"으응?"

줍포왕이 멈칫했다.

이추수가 갑자기 왜 거론된다는 건가?

딸처럼 제자처럼 키워온 아이이다. 이추수에 대해서는 그
가 누구보다 잘 알고 있지 않은가.

줍포왕은 다급히 물었다.

"무슨 뜻이지? 그 아이가 대체 왜?"

"당신은 그 아이에 대해서 얼마나 알죠?"

"전부! 하나부터 열까지 전부!"

"정말인가요? 하면 이추수가 누구의 딸이죠?"

"……."

"당신이 거두기 전에 이추수는 어디에서 살았죠?"

"……."

"등잔 밑이 어두운 법. 지나친 확신은 금물이에요. 내가 보기에 당신은 그 아이에 대해서 적어도 한 가지 사실만큼은 모르고 있어요."

줍포왕은 가슴이 철렁했다. 불안감이 뇌리로 밀려들고 있었다. 주서희의 말이 맞았다.

이추수에 관해 그가 알고 있는 것은 하나부터 열까지가 아니라, 둘부터 열까지였다. 그는 감춰진 그 하나를 찾기 위해 지난 세월 끊임없이 노력했지만 의혹의 수준, 그 이상으로는 접근하지 못했다.

"혈지주 사건은 그 아이 때문에 일어났어요. 그 아이가 바로……."

주서희의 이어진 말은 전음으로 전달됐다.

"으으."

무슨 말을 들었는지 줍포왕의 안색이 그만 돌처럼 굳었다.

전음이 끝난 후에 줍포왕은 불신의 얼굴로 말했다.

"말, 말도 안 돼. 난 누구보다 그때의 일에 대해 잘 알아. 그런 내가 그곳에 있지도 않았던 당신의 말을 어떻게 믿으란 거야?"

"믿게 해줄 방법이 있죠."

주서희가 머리카락을 매만졌다. 머리카락이 해초처럼 풀어지며 바람에 흩날렸다. 정숙했던 중년 여인의 모습은 이제 없다.

주서희는 남정네의 가슴을 불끈 치솟게 하는 유혹적인 모습으로 변해 즙포왕을 마주봤다.

"혈지주 사건의 범인으로 요마를 수배했지요. 맞나요?"

"그, 그렇소."

"내가 그 요마를 만나게 해주죠."

"언제?"

즙포왕의 이어진 물음에 주서희가 생글 웃었다.

색기가 넘쳐 흐르는 아찔한 미소.

주서희는 즙포왕의 귓가로 바짝 다가와 속삭이듯 말했다.

"지금. 바로 지금."

*   *   *

태화 팔 년 십이월 이 일 용금천.

즙포왕이 주서희를 만나던 그 시각, 용금천에서는 전투 상황이 발생했다.

의문의 적들은 출현과 동시에 용금천 일대를 봉쇄하고 맹주 일행에게 파상적인 공격을 퍼부었다.

적의 공격은 암기술과 차륜전에 기반을 두었는데 상대가 무림맹주와 검선이라는 것을 알고도 아무런 두려움 없이 달려들어 자신들이 죽을 때까지 살수를 날렸다.

그 과정에서 적들은 끔찍스럽게도 자폭 공격까지 서슴지 않았다.

물론, 송태원과 백리문은 적들의 이러한 공격에 그다지 큰 위협을 받지 않았다.

초인지경에 이른 개인 무력을 떠나서 두 사람은 칠년전쟁에서 집단전과 차륜전을 수없이 겪었다. 이 정도 공격으로 그들을 어찌해 볼 수 있었다면 승전의 결과물, 무림맹은 애초에 탄생되지도 않았다.

문제는 이추수와 백리정이었다.

적들은 송태원과 백리문을 상대로 공격이 먹혀들지 않자, 이추수와 백리정을 주 표적으로 삼아 집요하게 공격했다. 송태원과 백리문의 대응을 약화시킬 수단이 그 둘임을 잘 알고 있는 것이다.

전투 개시 한 식경에 이를 무렵, 이 약점이 결국 송태원과 백리문의 발목을 잡았다.

적의 공격에 이추수는 어깨를 베였고, 백리정은 허리를 관통당한 것이다.

둘 다 치명상은 아니지만 이대로 한정된 공간에서 전투를 계속하기에는 무리가 있었다. 그래서 송태원이 수를 냈다.

"백 형, 여기는 내가 맡을 테니 아이들을 데리고 이곳을 먼저 빠져나가십시오."

백리문의 생각도 비슷했다. 다만 이곳을 먼저 떠날 대상이 달랐다.

"송 형이 아이들을 데리고 나가십시오. 이놈들은 나 혼자서도 충분히 처리할 수 있습니다."

말과 함께 백리문이 검을 들어 태산압정의 자세를 잡았다.

검신이 서기로 휘감기며 웅웅 울어댔다.

백결검법의 발휘.

검기보다 검압이 먼저 공간에 파생된다.

검압의 사정권에 있던 적들이 모조리 피를 토하며 나가떨어졌다.

"알겠소이다. 하면 내 곧 돌아올 테니 그때까지만 백 형께서 수고를 해주시구려."

송태원은 결정과 동시에 뒤돌아 적진을 뚫고 나갔다.

송태원의 좌우에서도 검광을 번쩍이는 무인들이 있었다. 맹주의 호법들인 승천오검(昇天五劍)인데 그들과 같이 공격에 나서자 송태원은 이추수와 백리정의 앞에 단숨에 다다랐다.

"내가 길을 열 테니 추수와 정이는 나를 따르라."

송태원이 검을 휘두르며 길을 열기 시작했다.

검기가 태풍처럼 휘몰아친다. 송태원을 무림맹주로 올려놓은 창천검법이다. 삼십 장 거리를 그렇게 순식간에 뚫어냈다. 적들이 아직 달려들고 있지만 이전보다는 공격의 기세가 한참 약해졌다.

이추수가 송태원을 뒤따르며 물었다.

"맹주님, 이들이 누구인지 아십니까?"

"신마교로 추정된다."

"신마교?"

이추수의 반문을 끝으로 대화가 중단됐다.

두두두두!

전방에서 한 무리의 적들이 몰려오고 있었다. 최후방에 있던 적들이다. 이들만 뚫어내면 더 이상의 공격은 받지 않는다고 할 수 있다.

"하앗."

송태원은 일검에 격퇴할 요량으로 검병을 두 손으로 잡고 크게 휘둘렀다.

쯔쯔쯔쯔!

공간을 쪼갤 것 같은 파열음.

창천검법 일식, 천벽화초(千闢和初)의 발휘이다.

"홍!"

그때 전방에서 관복을 입은 누군가가 손바닥을 쭉 내밀고 달려왔다.

쿠앙!

폭음과 함께 천벽화초의 검기가 썻은 듯이 사라졌다.

송태원은 일합을 겨룬 전방의 무인을 좁힌 눈매로 쳐다봤다.

창천검법을 일장으로 막아낼 정도의 고수!

누구인가?

파악은 금방이다.

"마중걸, 네놈이 감히 나를!"

관복을 입은 무인은 중정당주 마중걸이었다.

마중걸이 송태원을 보곤 피식 웃었다. 예의 같은 것은 없었다.

맹주를 눈앞에 두고도 고개조차 까닥하지 않았다.

"머저리 같은 놈. 아직도 나를 마중걸이란 잡놈으로 생각하느냐?"

"으음."

송태원은 말을 멈추고 상대를 노려봤다.

마중걸이 아니었다.

마중걸은 죽었다가 깨어나도 이런 위압적인 기도를 보일 수 없었다.

"왜 그렇게 쳐다봐? 본좌가 누구인지 궁금해?"

마중걸이 앞으로 저벅저벅 걸어왔다.

송태원은 검을 겨눈 자세를 유지해 상대가 다가온 거리만큼 뒤로 물러났다.

서로 간에 유리한 대적 거리를 잡기 위해 벌이는 신경전인데, 어느 순간 송태원이 움직임을 뚝 멈추었다. 등 뒤에 이추수와 백리정이 있기에 더는 물러날 수 없었다.

마중걸이 그 모습을 보곤 입술을 이죽이며 달려들었다.

"그건 네놈을 죽인 다음 알려주지!"

쾅!

송태원과 마중걸의 두 번째 정면 격돌!

"흡!"

송태원은 제자리에서 허리를 휘청거렸고, 마중걸은 달려온 속도만큼 빠르게 십여 보를 튕겨났다.

송태원의 우세가 아니다.

송태원은 몸을 피할 수 없어 제자리에서 버틴 것이고, 마중걸은 더 강한 공격을 하기 위해 의도적으로 뒤로 물러난 거다.

"자격도 없는 놈이 맹주라니! 오늘 네놈을 죽이고 내가 그

자리를 차지하겠다!"

마중걸이 송태원을 노려보며 허리를 조금 숙였다. 가슴과 어깨가 부풀어 오른다. 종아리와 허벅지가 두 배로 굵어지며 신장이 쭉쭉 확대된다.

"오! 이런!"

송태원은 마중걸의 변신한 모습을 보곤 아찔한 음성을 토해냈다.

숨소리조차 위협적인 근육질 덩어리의 거인.

신장은 최소 십 척.

골격도 두 배요, 두상도 두 배다.

마중걸이 누구였는지 이제 알 수 있다.

마신변환공!

천하에서 이 마공을 사용하는 무인은 오직 한 명이다.

일주검마와 사파의 패권을 두고 다투었던 존재.

신마교의 교주 이주신마 초위강이다.

"카아! 검마가 없는 세상! 누가 감히 나를 대적하겠느냐!"

쿵!

신마가 일 보를 내딛었다. 땅이 움푹 파이며 대지가 쭉 갈라졌다.

"으음."

송태원은 검을 가슴 앞으로 세워 들어 내력을 모조리 일으켰다.

여유 부릴 처지가 아니다.

상대가 신마라면 전력을 다해 싸워도 승리를 장담할 수 없다.

후우웅!

검신(劍身)에서 하늘색 서기가 찬란히 발산됐다.

창천검법 최강의 초식인 창경화초(彰競和初)의 발휘이다.

송태원의 음성이 하늘색 서기 속에서 들려왔다.

—승천오검은 두 아이를 데리고 속히 이곳을 떠나라. 절망의 평원 용문객잔으로 가면 충무검대가 있을 것이니, 내가 그곳에 당도할 때까지 절대 움직이지 말라! 알겠는가!

*   *   *

태화 팔 년 십이월 이 일, 절망의 평원.

송태원이 최선의 대책이라고 생각했던 이추수와 백리정의 탈출은 그의 뜻과 다르게 최악의 조치가 되고 말았다.

즙포왕이 그랬듯 송태원도 현 사건의 본질을 몰랐기 때문이다.

적의 목표는 처음부터 이추수였다. 적들이 백리문과 송태원을 공격했던 것은 그녀를 그들에게서 분리해 내기 위한 위장 공격에 지나지 않았다.

이추수와 백리정이 용금천을 빠져나간 후에 그 점은 여실히 증명됐다.

용금천에 투입된 무인들보다 전투력이 더 강한 무인들, 신마교의 최정예 조직인 신강추살대가 용금천에서 나온 이추수의 모습을 확인하고는 은신처에서 일어나 일제히 달려들었다.

신강추살대는 아흔두 명.

승천오검이 일급의 무인들이긴 해도, 사방에서 뛰쳐나와 칼을 휘두르는 신강추살대를 전부 막아낼 수는 없다.

결국 승천일검을 제외한 나머지 승천사검들이 이추수와 백리정을 먼저 떠나보내고 후방을 결연히 막아섰다.

죽음을 각오한 숭고한 결정이긴 한데, 이것으로도 해결책은 될 수 없었다. 신강추살대는 추격전과 살상전에 이골이 난 집단이었다.

승천사검의 희생으로 이추수와 백리정은 겨우 일각의 탈출 시간과 백 장 정도의 도주 거리만 확보할 수 있을 뿐이었다.

충무검대가 포진한 절망의 평원까지는 아직도 백 리가 넘게 남았다.

충무검대에 알릴 방법이 없으니 이대로라면 이추수는 적의 손에 다시 붙잡히게 될 터다.

현 상황에 변수가 있다면, 이 시각 그녀의 우측 전방에서 무서운 속도로 달려오고 있는 방립 착용의 흑의인이었다.

"어?"

그는 경신법 사용 중에 흠칫했다.

맞은편 전방에서 달려오고 있는 세 사람 중에 이추수가 있었다.

"하아!"

이추수의 모습을 확인한 순간 그는 대지를 박차고 올라 하늘로 높이 솟구쳤다.

도약의 높이는 거의 십 장.

공중에 머문 그의 발 아래로 이추수가 달려간다. 그의 모습은 이추수 쪽에서도 발견했다. 그런데도 만사를 제쳐놓고 무조건 앞으로 달려가고만 있다.

'쫓긴다는 건가?'

그는 공중 도약 중에 신형을 비틀어 이추수가 달려온 후방을 살펴봤다.

예상대로 의문의 적들이 뒤쫓아 오고 있었다.

파악은 금방이다.

일선 추격조는 삼십 명이고, 삼십 장 뒤편의 이선 추격조는 대략 육십 명이다.

이추수를 뒤쫓는 적의 움직임은 대충 봐도 예사롭지 않다. 무분별하게 달려가는 것이 아닌, 추격 전열을 유지해서 신속하게 움직이고 있다.

"웅?"

그는 적을 살펴보던 중에 눈매를 와락 찌푸렸다.

일선의 추격조 중에서 날개 모양의 거대한 화살을 조준하는 삼인조가 있었다.

삼포천리궁!

삼 인 일조로 움직여야만 격발이 가능한 화살.

사정거리가 칠십 장에 육박하는 신마교의 최장거리 저격용 화살이다.

'신마교라고?'

기이이잉!

삼포천리궁의 시위가 당겨지고 있다.

'지금 막아야 해!'

이것저것 따질 게 아니다. 표적이 누구인지 모르지만 쏘기 전에 막아야 한다. 삼포천리궁은 일단 발사되면 막아낼 수가 없다.

그는 삼포천리궁을 쏘는 삼인조를 향해 하강하며 왼손을 쭉 내밀었다.

지주망기에서 천잠사가 거미줄처럼 뻗어 나온다.

푸앙!

삼포천리궁이 굉음과 함께 발사됐다.

삼포 화살은 전방으로 날아가다 말고 하늘로 붕 떠올랐다.

쿵!

그와 동시에 그가 허리를 숙인 낮은 자세로 착지했다. 왼손에는 천잠사에 감긴 삼포 화살이 잡혀 있었다.

"뭐, 뭐야?"

삼인조가 화들짝 놀란 얼굴로 움직임을 멈추었다.

나머지 일선 추격조도 이 순간 추격을 중단했다.

지금까지 그가 보인 과정은 전부 하나로 연결된 동작이다. 적의 눈으로 본다면 그는 이추수의 전방에서 하늘로 뛰어올라 삼포 화살을 공중에서 낚아채고 지상으로 내려온 것과 같다.

그리고 적들이 놀란 것은 그의 등장이 갑작스러웠기 때문만은 아니다.

방립 아래로 번뜩이는 눈.

평원을 홀로 막아버린 것 같은 같은 분위기.

그는 마주보기가 꺼려질 정도로 위압적인 기세를 발현하고 있었다.

그가 말했다.

"살고 싶으면 모두 돌아가."

낮고 짧은 음성임에도 그의 뜻은 아주 선명하게 무인들에게 전달된다.

"미친놈이군. 혼자서 뭘 어떻게 하겠다고!"

용모는 물론, 외눈까지 쌍둥이처럼 닮은 두 명의 무인이 추살대 일선으로 걸어 나왔다. 흑색과 백색의 무복을 입은 중년 무인들, 신강추살대의 수장들이다.

그는 눈빛을 일렁댔다.

그의 기억 속에 있는 자들이다.

신강의 전장에서는 흑백쌍결이라고 불렸다.

용모가 닮은 것은 선천적이지만 둘의 외눈은 후천적이다. 신강에 있을 때, 그가 그들의 눈에 쇠뇌전을 각각 꽂아 넣은 것이다.

흑쌍결이 물었다.

"네놈은 누구냐? 충무검대에서 보냈느냐?"

충무검대가 어떤 단체인지 모른다. 관심의 대상도 아니다.

그는 답변 대신 한 번 더 경고했다.

"열을 헤아린다. 그때까지 전부 사라져라."

그는 말을 건넨 후에 낮은 음성으로 숫자를 헤아리기 시작했다.

그가 하나를 헤아릴 때, 흑백쌍결은 키득거렸고, 셋을 헤아릴 때는 추살대 모두가 비웃음을 보였다.

그리고 다섯을 헤아릴 때는 그의 눈앞으로 추살대가 모여들었고, 일곱을 헤아릴 때는 추살대 무인들이 일제히 병기를 뽑아 들었다.

"아홉."

열을 헤아리기 직전, 그는 고개를 살짝 들었다. 방립 아래로 보이는 그의 입술에 묘한 미소가 걸려 있었다.

"어?"

흑백쌍결이 뒤늦게 무언가를 눈치챘을 때다.

"열!"

츄츄츄츄츄츄!

열을 세는 음성과 함께 그의 어깨에서 적멸기선이 발사됐다.

"아악!"

"크윽!"

근접 거리에서 이게 발사되면 막아낼 방법이 없다. 하물며 그의 눈앞에 집결한 무인들이다. 이십 명도 넘는 신강추살대 무인이 공격 한 번 제대로 못 해보고 적멸기선에 신체가 잘렸다.

그는 전투에 돌입하면 여유나 장난을 부리지 않는다. 그가 열을 헤아린 것은 숫자 놀이의 뜻이 아닌, 적을 한곳에 모으기 위한 일종의 유인책이다.

"제, 제기랄!"

흑쌍결이 쓴 음성을 토하며 일어났다.

고수 체면이 말이 아니지만 적멸기선이 날아올 때 젖 먹던 힘까지 다해서 바닥을 굴러 간신히 목숨을 구했다.

"서, 설마?"

백쌍결은 흑쌍결보다 더 큰 충격에 빠졌다. 상대의 무력 때문이 아니라, 공격에 사용된 암기 때문이다.

적멸기선은 원래 신마교의 암기이다. 백쌍결이 신마교의 오대암기였던 적멸기선을 떠올리게 된 것도 무리는 아니다.

그러나 순식간에 발생한 일이었고, 또 상황이 아직 끝나지 않았다.

백쌍결이 그 점에 대해 확인을 해보기도 전에 그의 두 번째 공격이 바로 이어졌다.

휘리리릭!

그는 적멸기선의 발사가 끝나자마자 왼쪽 옆구리로 오른손을 돌렸다.

혈선표가 허공으로 날아간다. 날린 동작도 빠르고, 비행 속도도 빨랐기에 혈선표가 어디로 날아갔는지는 본인 외에 아무도 알지 못한다.

팟!

혈선표를 날린 그는 곧장 추살대 무리의 전방을 덮쳤다. 추살대는 아직 포진을 갖추지 못한 상태. 그는 발로 짓밟고 주먹으로 깨부수며 일방적으로 추살대를 두들겨 잡았다.

적의 반격도 있긴 했다. 흑쌍결이 추살대 일진들을 이끌고 그의 후방으로 몰래 돌아가서 기습적인 공격에 나서고 있었다.

하지만 그가 후방을 열어준 것은 대책이 있기 때문이었다.

카라라라랑!

기습조의 우측에서 공간을 가르는 쇳소리가 들려왔다.

"엇?"

흑쌍결이 우측을 돌아보다 말고 눈을 번쩍 떴다.

펍!

혈선표가 흑쌍결의 목을 베고 지나갔다.

그뿐만이 아니다.

퍼퍼퍼퍼퍼퍼펍!

흑쌍결의 목이 잘린 것을 시작으로 그의 후방에서 기습 공격에 나섰던 무인들 모두가 순차적으로 목이 잘려 나갔다.

혈선표가 그의 손으로 돌아왔다.

휘리릭!

그는 혈선표를 좌측 하늘로 다시 날려 보내곤 그나마 생존해 있는 추살대의 정면으로 돌아섰다.

잠시 후에는 악마의 병기가 또 날아온다.

"우우!"

추살대 무인들이 주춤주춤 물러났다.

대적 불가다.

신마교의 최정예 단체인 신강추살대가 잠깐 사이에 아무런 대항도 못 해보고 삼 분의 이가 폐기됐다.

백전노장인 흑쌍결까지도 칼질 한 번 제대로 못 해보고 죽었다.

"으으."

이러한 심정은 백쌍결이라고 해서 다르지 않았다.

아니, 백쌍결은 이 순간 다른 누구보다 더 큰 공포감에 휩싸여 있었다.

이번엔 암기 때문이 아니라 사람 때문이었다.

공간을 회선했던 암기는 혈선표였다.

혈선표는 신마교의 호교법왕이었던 광마의 암기.

그 암기는 광마를 측간에서 척살한 중무련의 저격수가 가져갔다.

신마교를 두렵게 했던 밤의 저격수.

백쌍결 자신의 눈에 쇠뇌전을 꽂았던 그 존재.

"어, 어떻게!"

백쌍결이 알기로 그는 죽었다. 아니, 죽었다고 알려졌다.

하지만, 만약 그게 헛소문이라면 지금 즉시 결정해야 한다.

"모두 달아낫!"

백쌍결은 화급한 음성과 함께 전방으로 달아났다.

추살대의 생존 무인들도 귀신에 홀린 듯한 얼굴이 되어 사방으로 달려갔다.

생존자의 상당수가 십오 년 전에 활동했던 경험 많은 무인이다.

그들도 지금 백쌍결과 같은 생각을 하고 있다.

"흥! 어딜!"

그는 추살대의 공포심에 결정타를 날리는 저격 병기를 꺼내들었다.

칠채궁이다.

쑹! 쑹! 쑹!

속뇌전이 도주 무인들의 신체를 정확히 꿰뚫는다.

그다음으로는 화약이 걸린 강뇌전이 발사된다.

쿠앙! 쿠앙!

달려가다가 강뇌전에 맞아 폭발하는 인체!

"끄아아아!"

백쌍결은 혼비백산의 심정으로 내달렸다.

전의?

그런 건 없다.

적멸기선, 혈선표, 칠채궁.

방립인은 야랑이 틀림없다.

아비객이 다시 출현했다. 이 끔찍한 소식을 어서 상부에 알려야 한다.

*　　　*　　　*

절망의 평원, 용문객잔.

용문객잔은 눈물의 언덕과 절망의 평원 중간 지역에 위치해 있다. 오지(奧地)나 다름없기에 인적이 아주 드문 곳인데 현재는 일천여 명의 무인이 이곳 일대에 삼엄히 포진해 있다.

포진 병력은 무림맹 산하의 충무검대이다.

충무검대는 총단에 거점을 둔 상시 단체가 아닌, 지역의 무림 문파 무인들로 구성된 대전투 조직이다. 이들은 천하 변란 사태에 준하는 특급 상황에서만 맹주의 명으로 결성되어 활동한다.

강남연대, 중부연대, 강북연대, 이렇게 삼대 일천 명씩으로 조직되는데 현재 용문객잔 앞에 집결한 무인들은 강북 관할의 충무검대이다.

강북검대의 수장은 무림사존 중의 일인인 불존 소림활불 장천 대사이다.

용수담을 빠져나와 절망의 평원에 당도한 이추수는 무인들의 엄중한 경호 아래, 임시 지휘소가 차려진 용문객잔으로 안내됐다.

"장 총사님은 객잔에 계십니까?"

"총사께선 용금천 상황을 전해 듣고는 그곳으로 병력을 이끌고 나가셨네."

"즙포왕과는 연락이 되었나요?"

"대포청에서는 아직 연락이 없네. 수색조를 곳곳으로 파견해 두었으니 조만간 소식을 알 수 있을 것이네."

이추수의 물음에 대답한 사람은 충무검대의 산서 지부장을 맡은 공동유검 곽성이다.

곽성은 공동파 장문인의 일곱 번째 사제로서 사문에서는 집법원주를 역임하고 있다.

알려지길, 공동파의 차차기 장문인으로 유력한 인물이라고 한다.

이추수는 곽성을 뒤따라가던 중에 충무검대의 포진을 둘러보곤 안도의 숨을 내쉬었다.

맹주는 대책 없이 용마총으로 오지 않았다. 총단의 무인들을 믿을 수 없으니 총단 밖의 충무검대를 용마총 상황에 투입시켰다.

그녀가 알기로 구파의 정예들로 구성된 강북의 충무검대는 무림맹의 대전투 조직체 중에서 단연 최강이다.

이들이 나섰다면 반맹의 세력은 이제 진압된 것이나 다름없다.

용문객잔 앞에 다다랐다.

곽성이 그녀를 힐끗 돌아보곤 객잔 문을 열었다.

"자, 어서 들어가게. 이 포교와 면이 있는 사람들이 객잔에 있을 터이니 맹주님이 오실 때까지 안심하고 기다리시게."

이추수와 백리정은 곽성에게 포권하고 객잔 안으로 들어갔다.

사방 칠 장 정도의 공간, 이십 석의 좌석.

크지도 작지도 않은 실내엔 존재감이 심상치 않은 세 사람이 탁자 하나씩을 각각 차지해 앉아 있다.

동쪽 창가 자리에 앉아 자작하고 있는 오십 대의 황의인, 흑묘를 가슴에 안고 서쪽 창가 자리에 앉아 있는 면사인, 객잔 중앙 자리에 등을 돌려서 앉아 있는 거구의 금의인, 이렇게 셋이다.

"응?"

객잔 안으로 들어서던 이추수는 문득 걸음을 멈추었다.

느낌이 묘했다.

황의인과 면사인이 힐끗 쳐다본 것이 관심의 전부인 것 같지만 그건 외견상의 모습이었다. 그녀가 객잔에 들어선 그 순간부터 그녀의 움직임을 제압하는 공간 압박이 펼쳐지고 있었다.

왜 이렇게 날이 선 견제를 하는가?

자신이 이토록 중요한 존재였던가?

찜찜한 기분 속에서 이추수가 먼저 포권으로 인사했다.

"악양의 이추수입니다. 충무검대의 지휘부 선배님들을 이렇게 뵙게 되어 영광입니다."

백리정도 포권했다.

"백리정입니다. 저는 항주 백리세가……."

"됐어. 넌 그만해."

동쪽 창가에 앉아 있던 황의인이 백리정의 말을 잘랐다.

이추수는 황의인을 돌아봤다.

황의인이 피식 웃었다.

이 웃음.

환영의 미소가 아니다.

이추수는 의심스런 얼굴로 물었다.

"당신들은 누구죠? 나는 공무 수행 중인 대포청의 포교입니다. 모두 일어나서 신분을 밝혀주시기 바랍니다."

"킥!"

비웃음이 바로 들려왔다.

그녀의 눈앞, 등을 돌리고 앉아 있는 금의인이 흘려낸 조소이다.

"신분을 밝혀달라고? 이제 보니 머리가 나쁜 년이군. 나를 벌써 잊어먹다니."

금의인이 등을 돌려 이추수를 쳐다봤다.

"아!"

이추수는 멈칫했다.

금의인.

장안의 북문저자에서 그녀를 공격했던 전륜왕 묵자심이었다.

묵자심이 자리에서 일어나 그녀 앞으로 걸어왔다.

"비린내도 가시지 않은 년이 감히 내 동생 가슴에 총환 구멍을 뚫어? 쳐 죽일 년!"

"으음."

이추수는 굳은 얼굴로 주춤주춤 물러섰다.

충무검대까지도 반맹의 세력에 넘어갔다.

이 사실을 모른다면 맹주와 즙포왕도 조만간 위험에 처하게 된다.

하지만 현 상황에서 그녀가 할 수 있는 조치는 아무것도 없다.

쿵!

그녀가 뒤로 물러설 때 객잔의 문이 닫혔다.

바깥에서 강제로 닫았다.

객잔 안에 고립되었다는 뜻과 같다.

적들에게 잡힌 세 번째의 위기.

이번엔 맹주도 없고, 검선도 없고, 즙포왕도 없다.

그녀를 구해줄 또 한 번의 구원자가 과연 있을까?

5장

용문객잔

'이것 봐라?'

그는 백쌍결을 뒤따라가던 중에 고개를 갸웃했다.

추격 상황이 다소 묘하게 흘러갔다.

백쌍결의 도주 방향은 이추수가 달려갔던 절망의 평원 방향과 일치했다.

이추수가 용금천에서 빠져나온 것으로 보아 적의 본진이 용금천에 있다고 생각했는데 백쌍결의 도주 방향을 보면 딱히 그런 것도 아닌 것 같았다.

그래서 그는 일단 백쌍결을 원거리에서 추격만 했다.

당장 뒤쫓아 가서 처단할 수도 있었지만 놈이 용금천이 아닌 절망의 평원으로 도주한 의도를 알아둘 필요가 있었다.

절망의 평원에 다다를 시점에서 백쌍결이 이곳으로 도주한 이유를 알게 됐다.

용문객잔 앞의 평원에 상당한 숫자의 무인들이 포진해 있었다.

일견해도 천 명에 육박하는 전투 포진인데 의외라면 이들이 신마교의 병력이 아닌, 무림맹의 무인들이라는 점이었다.

무림맹의 대형 깃발 아래 각 문파의 표식이 걸린 깃대가 포진 일선에 세워져 있었다.

깃대 아래로는 소림, 화산, 아미, 공동 등 구대문파의 제자들과 강북에서 명성을 드날리는 무인들이 오와 열을 갖추어 당당히 자리해 있었다.

그는 경신을 멈추고 전방의 무인들을 살펴봤다.

구대문파의 제자들이 포함된 전투 포진이었다. 아무런 충돌 없이 간단히 뚫고나갈 수는 없었다.

'골치 아프군. 어떻게 한다?'

백쌍결은 전방의 포진 속으로 뛰어든 상태다. 별다른 저지가 없었으니 그건 곧 신마교의 무리와 적대적 관계가 아니라는 거다.

최악의 경우, 이들도 신마의 명을 받을 수 있다. 명령 체계가 확고한 무림 문파의 무인들이다. 상부에서 명령하면 하부 조직원은 그냥 따를 수밖에 없다.

"어쩔 수 없군. 길을 막으면 싸울 수밖에."

그는 결정을 내리고 앞으로 터벅터벅 걸어갔다.

싸워야 할 대상이 무림맹이라는 것은 그의 결정에 고민 사안이 되지 않는다.

그에게는 이추수의 안전이 무엇보다 우선이다. 그녀의 생명이 위험하다고 판단되면 그는 상대가 누구이든 주저함이 없이 싸울 것이다.

"멈춰라!"

그가 십 장 앞까지 다가서자 전방의 포진에서 남의무인이 앞으로 나섰다.

"나는 충무검대 산서 지부장 공동유검 곽성이다. 십 보 근접을 불허한다. 당신은 그곳에서 무장을 해제하고 신분을 밝혀라. 응?"

말을 하는 중에도 그가 계속 다가오자 곽성이 눈매를 와락 찌푸렸다.

"귀가 먹은 거요? 십 보 근접을 불허한다고 하지 않았소!"

근접불허의 명은 이제 의미 없다.

그는 이미 곽성의 삼 보 앞까지 다다랐고, 이어서는 곽성이 뭐라고 말할 사이도 없이 곽성을 지나쳐서 충무검대 포진 앞으로 걸어갔다.

"뭐 이런 인간이 다 있어! 멈추라고 했잖아!"

곽성이 짜증을 토하며 그의 어깨를 잡았다.

순간, 그는 걷는 자세 그대로 곽성의 손목을 움켜잡아 앞으로 메쳤다.

쿵!

곽성의 얼굴이 땅바닥에 처박혔다.

"저, 저런!"

순식간에 벌어진 상황.

충무검대가 곽성의 모습을 보곤 크게 웅성댔다.

하지만 진짜로 놀란 사람은 곽성 자신이다.

명색이 공동파 서열 칠 위이다.

어지간한 무인들을 상대로는 일당백도 가능하건만 방립인의 금나수 같은 수법에 아무런 방어도 못 해보고 바닥에 처박히는 수모를 당했다.

"젠장!"

곽성이 붉어진 얼굴로 벌떡 일어나 그를 향해 달려갔다. 달려갈 때 푸르스름하게 변한 오른손을 강하게 내뻗는다. 스치기만 해도 뼈를 부러뜨린다는 공동파의 절기, 벽공장(劈攻掌)이다.

펑!

타격음이 이상하다.

곽성은 다시 바닥에 사납게 처박혔다. 어떤 수법에 당했는지는 여전히 알 수 없다.

곽성의 공격은 아직 끝나지 않았다.

"죽여 버리겠다! 이놈!"

곽성은 수치심과 분노로 벌떡 일어나 요대에 걸린 검을 손에 잡았다.

바로 그때 그가 걸음을 멈췄다.

"검을 뽑으면 후회하게 될 거다."

이 음성.

곽성의 귀에는 천둥처럼 들려온다.

곽성은 순간적으로 동작을 멈추었고, 멈춘 다음에는 발악적으로 검을 뽑아내어서 그를 향해 휘둘렀다.

펏!

"읍!"

곽성은 검초를 끝까지 펼치지 못하고 바닥에 꼬꾸라졌다.

타격음은 하나만 들려왔다.

그의 검초, 쾌월광이 곽성의 허리를 먼저 갈라버린 것이다.

"오, 이런!"

이제까지의 과정은 순식간에 벌어진 일이다. 전방에 포진한 무인들은 곽성이 쓰러지고 난 후에야 상황에 개입할 수 있었다.

"놈을 죽엿!"

전방의 포진 속에서 가장 먼저 뛰쳐나온 무인들은 곽성의 사문, 공동파 검사들이다.

파파파팟!

사람보다 먼저 검기가 날아간다. 곽성이 쓰러지는 모습을 보았기에 그들이 날린 검기에는 살의가 담겨 있다.

하지만 곽성이 그러했듯, 그들도 검기를 끝까지 날리지 못하고 바닥에 와르르 쓰러졌다.

"어!"

충무검대 일선의 무인들이 이 모습을 보곤 뛰쳐나오던 동작을 멈췄다.

엄청난 쾌검.

공동파 검사 열두 명을 일검에 쓰러뜨렸다.

이러한 쾌검사가 무림에 있었던가.

그리고 쾌검 발휘보다 더 무서운 것은 일천 명의 무인과 단신으로 맞섬에도 어떤 위축도 받지 않고 있는 그의 모습이다.

"길을 막으면 모두 죽일 것이다."

그는 살벌한 음성을 전하며 전방으로 터벅터벅 걸어갔다.

일선의 무인들이 뒷걸음치는 가운데 그의 걸음은 점점 빨라졌고, 그러더니 한순간 그가 먼저 포진 속으로 뛰어들었다.

콰앙!

충무검대의 일선 포진이 단번에 뚫렸다.

그렇게 십 장도 넘게 달려가자 충무검대 이선에서 무인들이 몰려나와 그의 돌파를 결사적으로 막았다.

뚫는 자와 막는 자의 일대 난투.

전방에 너무나 많은 병력이 밀집된 터라 그의 돌파는 점차 속도가 느려졌다.

그리고 삼선의 무인들까지 그의 진로를 가로막고 나서자 그때부터는 오히려 그가 뒤로 밀렸다.

'끝장을 봐?'

그는 현 상황을 두고 잠시 고민했다. 마음을 오지게 먹는다면 대적은 어렵지 않았다. 다만 그 경우에는 대량 살상을 피할 수 없었다.

'아직은 아냐. 일단 되돌아 나가.'

그는 빠르게 뒤로 빠져나왔다. 단체의 지휘부가 문제이지 단순히 명을 따르는 무인들까지 해칠 필요는 없다는 판단이었다.

그가 포진 밖으로 나온 사이에 전방의 무인들은 전투 진형을 새로이 갖추었다. 이전 같은 방어 포진이 아닌 공격적 전투대형이었다.

'살상전을 피해 뚫을 방법은 있지.'

그는 전방을 주시하며 계속 뒤로 물러섰다. 퇴각은 당연히 아니다.

최대한 빠르게 달려가기 위해 가속 거리를 두려고 하는 것이다.

상대 거리 이십 장.

가속 거리가 확보되자 그는 뒷걸음을 멈추고 전방의 포진을 노려봤다.

각 파의 일급 무인들이 전위로 나와 있었다.

하지만, 그는 일선에 누가 있든, 어떻게 포진을 구성하든 개의치 않았다.

그가 지금 발휘하려는 돌파 수법은 적의 전력과 아무런 상관이 없었다.

'몸에 무리가 있더라도 사용해야 해. 추수를 구해내려면 이것밖에 없어.'

결정을 내린 그는 허리를 뒤로 살짝 젖혔다가 앞으로 달려 나갔다.

일 보, 이 보, 삼 보…….

이십 보 주행 시점에서 그의 신법이 폭발적으로 가속됐다.

적진과 삼 장의 거리.

팟!

충돌 직전에서 그의 신법이 한 번 더 가속된다 싶더니 무인들의 눈앞에서 그의 모습이 홀연히 사라졌다. 정확히 표현하면 사라진 것이 아니라, 무인들의 시선으로는 그의 형이상적인 움직임을 따라잡을 수가 없었다.

압축되는 공간. 엄청난 빠르기. 그에 따라 느려지는 것 같은 시간.

이 순간 그는 고도의 경지에 이른 망량으로 충무검대의 포진을 뚫고 있었다.

지금 발휘되는 이 망량은 그가 측성대 저격에서 사용했던 수준이 아니다.

화룡의 꿈속에서 성취를 이루어 낸 망량의 재현까지는 아니지만 최소한 그 오 할 수준에는 근접하는 높은 경지의 망량이다.

불가공법에서 망혼보는 상대적으로 공격력이 취약한 것으로 알려져 있다.

그 역시 예전에는 그렇게 생각했다. 하지만 그것은 바른 판단이 아니다.

망량이 고도의 경지에 이르면 세상의 어떤 무공 초식보다도 더 무서운 공격이 된다.

지금이 바로 그렇다.

전방의 적은 거의 정지된 것과 마찬가지로 느리게 움직이고 있는 반면, 그는 그 정지된 공간 속을 마음껏 움직여 나가고 있다.

포진 속을 뚫고 나가며 그는 주변 무인들의 동작을 조금씩 변형시킨다.

병기의 방향을 돌리고, 다리의 각도를 비틀고, 공격하는 손의 동작을 반대로 바꾼다.

결과는 엄청나다.

쿠쿠쿠! 콰르르! 쿠탕탕탕!

그가 망량을 마치며 일천 명의 포진을 뚫고 나왔을 때, 그의 후방에 포진했던 충무검대가 그가 달려온 길을 중심으로 한꺼번에 와르르 쓰러진다.

망량의 사정거리 밖에 있던 사람들, 용문객잔 앞에서 경비하던 무인들의 눈으로 보자면 이 과정은 더욱 선명히 알 수 있다.

방립인이 엄청난 속도로 전방에서 달려와 포진을 뚫었고, 그 과정에서 바다가 갈라졌다가 다시 합쳐지듯 무인들이 포진의 중앙 자리로 와르르 끌려나와 쓰러졌다.

"으으."

용문객잔 입구의 경비 무인은 두 명이다.

그들은 홀린 듯한 얼굴로 그를 멍히 쳐다봤다.

그는 방립의 끝을 살짝 들어 올리며 눈을 빛냈다.

"막을 거야?"

"……."

경비 무인들이 문에서 비켜섰다.

대적은 생각도 못 한다.

일천 명의 포진을 단박에 뚫어낸 존재.

그를 상대로 무엇을 어찌한단 말인가.

"잘 생각했어."

그는 피식 웃곤 객잔 문 앞으로 다가섰다.

문고리를 잡는다.

삐걱.

열리는 문.

이추수의 모습이 열린 문 사이로 보인다.

그는 심호흡을 하곤 객잔 안으로 들어갔다.

*   *   *

"뭐지?"

객잔 안으로 그가 들어오자 무엇보다 먼저 당혹감이 실내에 형성됐다.

반맹의 핵심 단체장들이 아니고서는 용문객잔으로 들어올 수 없었다.

하물며 충무검대가 객잔 밖에 포진하고 있건만 그는 어떤

보고 과정도 거치지 않고 그냥 입구 문을 열고 태연히 안으로 들어왔다.

"으음."

당혹감 다음으로는 벼랑 끝에 올라선 것 같은 극도의 긴장감이 조성됐다.

객잔에 자리한 삼 인은 강호에서 내로라하는 절정 무인들이다. 고수는 고수를 알아본다. 그들은 객잔에 들어선 방립인과 눈을 마주치던 순간 앉은 자세 그대로 움직임을 멈췄다.

긴장 어린 주시 속에서 황의인이 물었다.

"당신은 누구요? 신교에서 보낸 분이요?"

"……."

그는 답하지 않고 방립 아래로 눈빛만 번뜩였다.

그의 무응답에 이번엔 면사인이 말했다.

"신교와 동맹의 관계라고 해도 이건 예의가 아니지. 이런 식으로 개입하면 앞으로는 우리와 같이 일하지 못해."

면사인의 말이 끝나자 흑묘가 꼬리를 세워 으르렁댔다.

경고의 의미다.

신분을 밝히지 않으면 공격하겠다는 뜻을 흑묘를 통해 전달한 것이다.

그는 경고를 무시하고 면사인에게 시선을 돌렸다. 정확히는 면사인이 안고 있는 흑묘를 쳐다봤는데 그 순간 호랑이를

잡는다는 흑성자묘가 보통의 고양이 모습으로 변해 꼬리를
내렸다.

"멍청한 인간보다 그놈이 낫군."

그는 조소를 날리며 중앙의 탁자 자리로 향했다. 이추수와
백리정이 앉아 있는 맞은편 좌석이다.

탁자에는 이추수의 귀검대와 자모총통, 백리정의 장검이
가지런히 놓여 있다.

앉은 채로 무장해제를 당한 모습. 객잔에 자리한 삼 인의
무력이 워낙에 강했기에 이추수와 백리정의 몸은 묶어두지
않고 있었다.

"왜 내 말을 듣지 않는 거냐?"

그는 뜻 모를 물음을 던지며 의자에 앉았다. 물음의 대상은
이추수이다. 그녀의 옆자리에 앉은 백리정은 쳐다보지도 않
았다.

"누구시죠?"

이추수가 조심스럽게 되물었다.

갑작스럽게 출현한 방립인.

그의 정체가 의문스럽기는 그녀 역시 마찬가지이다.

"혈지주 사건에 관여하지 말고 멀리 떠나란 말. 나와의 약
속을 잊었느냐?"

"약속?"

이추수가 콧날에 주름을 살짝 잡고는 그의 모습을 살펴보았다.

각진 턱선. 선명한 입술.

방립 아래로 보이는 그의 용모는 부분적이다.

이대로는 그가 누구인지 알 수 없다.

그의 정체를 두고 그녀가 곤혹스러워할 때다.

"전서 속의 연인과는 연락되었느냐? 내 생각엔 그놈도 너의 이런 위험한 수사 활동은 원치 않을 거라고 보는데……."

"응?"

그녀에게 아주 의미 깊은 말을 그가 거론했다.

전서 속의 연인.

줍포왕도 모르고 무림맹주도 모르는 사안이다. 그것에 대해 알고 있는 사람은 그녀 외에 오직 한 명이다.

그녀가 눈을 묘하게 빛내며 물었다.

"지금 내 앞에 앉아계신 분이 내가 생각하는 그분이 맞나요?"

"너의 비밀을 본좌에게만 전했다면 네가 생각한 그 사람이 맞겠지."

"아!"

그녀의 입에서 탄성이 흘러나왔다.

눈앞의 존재는 혈마이다.

혈마의 탈옥은 맹주를 통해 전해 들었지만 그 혈마가 이곳에 출현하리라고는 진정 예상을 못했다.

"나 때문에 그곳을 나온 거예요?"

그녀의 물음에 그가 입술 끝을 살짝 올렸다.

"망상이 심하구나. 네가 그만큼 가치가 있는 존재라고 생각하느냐? 난 때가 되었기에 밖으로 나왔을 뿐이다."

"망상이라고요? 하면 이곳엔 왜 나타났지요? 무공을 회복하셨다는 말을 들었는데, 선배님의 능력이라면 아무도 모르는 곳으로 떠나 얼마든지 새로운 인생을 살 수 있었잖아요?"

"……."

그녀의 날카로운 되물음에 그는 답변을 중단했다. 무조건 둘러댈 수만은 없었다. 대답을 하면 할수록 탈옥의 이유가 박약해지니 이럴 때는 말을 아예 하지 않는 것이 최선이었다.

대답을 중단한 그의 심정을 이추수가 눈치챘다. 그녀는 피식 웃곤 화제를 돌렸다.

"혼자 왔어요?"

"물론이지."

"무슨 배짱이죠? 혼자 쳐들어와서 이 상황을 해결할 수 있다고 생각하세요?"

물음을 던지는 그녀는 이제 한결 여유로워진 표정이었다. 객잔에 자리한 삼 인은 줍포왕과 명성이 맞먹는 무림의 거물들.

그녀의 능력으로는 객잔에 갇힌 상황을 뚫어낼 수가 없었다.

그래서 그녀는 조금 전까지 불안감으로 점철된 자포자기의 심정에 빠져 있었는데 이상하게도 그가 나타난 후로 마음이 한결 편해졌다.

"상황? 여자를 인질로 잡는 잡놈들의 짓거리를 말하는 것이냐?"

"……!"

그의 말에 실내의 삼 인이 살기 어린 눈을 번쩍였다.

잡놈들의 짓거리란 말.

객잔의 대치 상황은 이제 누군가가 머리를 숙이는 것으로 해결될 수준을 넘어섰다.

위험이 극대화된 분위기 속에서 이추수가 그를 똑바로 응시하곤 말했다.

"눈이라도 맞추게 얼굴 좀 들어봐요."

"……."

그가 고개를 들었다. 방립 아래로 보이는 눈.

눈빛 교환은 아주 잠깐이다. 그는 방립의 끝을 아래로 내려 그녀의 눈길을 피했다.

"뭐, 생각보단 봐줄 만하네요."

"뭐가?"

"난, 주름살이 가득한 노인의 얼굴을 상상했단 말이에요. 흉터나 문신도 없고……."

말과 함께 그녀가 생글 웃었다.

미소까지 보이는 그녀의 모습.

삼 인의 입장에서 보면 이건 대놓고 개무시다.

그녀가 말을 이었다.

"저들은 무림오왕이에요. 설마 저들이 무림에서 어떤 존재인지 모르는 것은 아니겠죠?"

그는 가소로운 웃음을 지어 보였다.

"다섯 왕? 하! 세상이 개판이로구나. 인질범 따위를 어찌 왕이라고 불러주느냐?"

신분을 알고도 그가 도발적인 용어를 사용하자 황의인과 면사인이 움찔했다. 묵자심 같은 경우엔 벌떡 일어서기까지 했다.

한정된 공간에서 서로가 일격척살의 사정거리에 잡힌 상태다. 이 상태로 부딪치면 누가 죽던 승부는 단번에 끝이 난다.

일촉즉발의 초긴장 상태에서 그녀의 음성이 들려왔다.

"황의인은 장강의 해상권을 장악한 수로왕(水路王) 남해종이에요. 칠년전쟁 초기에 남해종이 사파의 손을 들어주지 않았기에 정파는 전력의 약세를 빨리 극복할 수 있었죠. 그리고 면사인은 대륙 운송권의 절반을 장악한 표국왕(鏢局王) 막원순이에요. 사파무림 출신이지만 칠년전쟁 후반에 정파로 돌아서서 종전에 큰 공을 세운 인물이지요."

그는 그녀의 말을 듣는 중에 손가락으로 탁자를 톡톡 찍었다.

단순한 손가락 장난이 아니다.

그가 탁자를 찍을 때마다 묘한 진동음이 객잔에 울려 퍼졌다.

함부로 준동하지 말라는 경고의 뜻을 기력 출수의 수법으로 표현한 것이다.

"금의인은 전륜왕 묵자심이에요. 무림맹 서열 육 위로서, 무림맹주도 함부로 처리하지 못하는 초거물이죠. 어떤가요? 신분을 알고도 당신은 저들이 삼류 잡범, 인질범이라고 주장할 수 있나요?"

"이제 보니 초범이 아니군. 상습적인 인질범이야."

비하적인 대답은 변함이 없다. 특히 이번엔 그가 묵자심을 노골적으로 지목해서 씹었다.

이추수가 그 모습을 보곤 물었다.

"왜 그러세요? 선배님이 아는 인물인가요?"

"내 여자를 괴롭혔던 악연이 있지."

"웅?"

묵자심이 뜨끔한 반응을 보이며 그를 노려봤다.

"미친놈! 평생 처음 보는 사이에 무슨 악연이 있다고 개소리를 나불대느냐!"

그는 묵자심의 말을 무시하고 무기가 놓여 있는 탁자로 시선을 돌렸다. 세 개의 무기 중에서 주시하는 것은 자모총통이다.

"저건 네 무기냐?"

"네."

"사용법을 아느냐?"

"실은 쏠 줄만 알지, 제대로 사용하지는 못해요. 얼마 전에 애인에게 선물 받은 것이라서 아직 익숙하지 않거든요."

"내가 가르쳐 줄까?"

이추수가 말을 멈췄다.

남해종과 막원순, 묵자심도 동시에 숨을 죽였다.

그의 말뜻을 모르지 않는다. 자모총통을 사용하겠다는 뜻이다.

그가 말을 이었다.

"무기의 이름은 자모총통, 무림병기보 서열 오 위로서 최대사정거리 이십 장에 이르는 대인저격용 총통이다. 자모총통은 거리가 가까워질수록 살상력이 더 강해진다. 그래서 고

수들은 이 무기의 십 보 안쪽으로는 여간해서 접근하지 않는
다."

이추수가 떨린 눈으로 그를 응시하며 물었다.

"그래서요?"

그는 답하기에 앞서 방립을 살짝 올려 묵자심을 쳐다봤다.

일촉즉발의 대치 상황.

마주본 눈빛 속에서 그가 입꼬리를 살짝 올렸다.

"무림에 왕들이 너무 많아. 지금 몇 놈을 죽여야겠어."

그의 말이 끝나던 순간이다.

"닥쳐!"

남해종과 막원순이 벼락처럼 의자에서 일어나 공격에 나
섰다.

묵자심은 이때 그들보다 한발 더 빠르게 정면에서 곧장 그
에게 달려들었다.

무림오왕의 합공이다.

단순한 초식으로는 삼왕의 공격을 막아낼 수 없다.

쾅! 우즈즉!

삼 인의 공격과 거의 동시에 그는 탁자를 무릎으로 차올렸
다.

탁자가 쪼개지며 그 위에 있던 무기가 허공으로 떠올랐다.

태원신공 중의 태원공결식(態源攻決式)이 발휘된 상태. 백

리정의 검은 태원공결식에 이끌려 남해종에게 날아갔고, 귀검대는 막원순에게 날아갔다. 그리고 자모총통은 떠오르기 무섭게 그의 오른손에 잡혔고, 잡힌 즉시 묵자심의 미간을 향해 격발됐다.

푸앙!

한 발의 총성.

묵자심이 달려들던 모습 그대로 동작이 정지됐다.

이어서는 드센 타격음과 함께 남해종과 막원순이 객잔 좌우측 벽면까지 밀려났다.

남해종과 막원순은 타격을 당한 게 아니다.

그의 돌발적인 격공 수법에 방어 수단으로서 뒤로 물러난 것이다.

보통의 경우 이런 상황에서는 즉각적인 반격이 뒤따르는데 지금은 그들이 어떤 공격에도 나서지 못했다.

묵자심의 입속에 그가 자모총통의 총신을 쑤셔 넣고 있었다.

어떻게 이런 결과가 나왔는지는 알 수 없지만 이건 즉살을 앞둔 상황이었다.

이런 상태에서는 제아무리 무림오왕이라고 해도 방어 수단이 없었다.

"으으."

전륜왕이 굳은 얼굴로 신음을 흘려냈다.

말은 남해종과 막원순이 대신했다.

"지, 진정하시오. 이럴 필요까지는 없잖소?"

"문제가 무엇인지는 모르겠지만 우리가 사과하겠소. 그러니 어서 자모총을 내려놓으시오"

그는 남해종과 막원순을 돌아보는 과정에서 가늘게 미소지었다.

이 웃음.

말보다 더 선명히 뜻이 전달된다.

남해종과 막원순이 눈을 부릅떴다.

"아, 안 돼!'

푸앙!

자모총통이 다시 발사됐다.

묵자심은 구강이 박살 난 모습이 되어 바닥에 꼬꾸라졌다.

그가 자모총통을 좌에서 우로 돌렸다.

이번엔 남해종과 막원순이 표적.

그 순간 남해종과 막원순이 객잔의 벽을 때려 부수고 밖으로 도망갔다.

그는 도망간 인간들을 내버려 두고 바닥에 쓰러진 묵자심을 내려다봤다.

묵자심은 얼굴이 피로 덮인 상태에서도 아직 죽지 않았다.

"왜… 왜… 나를……."

묵자심이 피를 울컥울컥 토하며 원망스럽게 물었다. 무림오왕의 일원으로서 천하가 좁을 만큼 전성기를 구가하고 있었거늘 이렇게 허무하게 죽게 되리라고는 한 번도 생각해 보지 않았을 터다.

"왜냐고?"

그는 허리를 바짝 숙여 묵자심의 귀에 입을 가까이 붙였다.

무슨 말을 들었는지 묵자심이 그만 불신의 눈을 번쩍 떴다.

"그건 말, 말도……."

묵자심의 음성은 이어지지 못했다.

그는 내용을 전한 후에 자모총통의 총신을 묵자심의 이마에 붙이고는 곧바로 방아쇠를 당겼다.

푸앙!

묵자심의 얼굴이 박살 났다.

무림오왕이 무림사왕으로 변하는 순간이다.

상황이 일단락된 후, 그는 이추수를 향해 돌아섰다.

이추수는 멍한 눈길로 그를 바라보고 있었다.

"왜 그렇게 쳐다보느냐? 내가 놈을 죽이지 말아야 했다고 생각하느냐?"

이추수가 입을 쉽게 열지 못한 것은 전류왕의 죽음에 동정이 생긴 것 때문이 아니다. 압도적인 그의 무력에 말문이 막혀서이다.

무림오왕 셋을 상대해서 순식간에 승부를 끝마쳤다. 그녀가 알기로 무림맹주에게도 이런 무력은 없었다.

그녀가 대답을 못 하고 있자 그는 방립을 아래로 내리며 입구로 돌아섰다.

"정신을 차렸으면 그만 나가자. 시간이 지체되면 피곤한 일이 벌어질 거다."

그가 먼저 입구로 걸어갔다.

이추수와 백리정이 충격의 심정에서 깨어나 그의 뒤로 엉거주춤 따라붙었다.

삐걱!

그가 객잔의 문을 열었다.

"아!"

"마, 맙소사!"

이추수와 백리정이 아찔한 음성을 토해냈다.

산 넘어 산.

객잔 앞의 평원에 도검이 물결치고 있다.

충무검대의 전투 포진이다.

이추수가 초조한 얼굴로 그를 쳐다봤다.

이건 집단과의 싸움이다. 무림삼왕을 물리치던 상황과는 또 다르다. 그녀의 판단으로는 충무검대와 싸워서는 도무지

승산이 없다.

그런데 의외로 그는 이런 상황을 예상했다는 듯 담담한 모습을 유지하고 있었다.

그녀가 반신반의하는 얼굴로 물었다.

"가능하겠어요?"

그는 고민 없이 바로 말했다.

"확실한 방법과 간단한 방법, 두 가지 대응 수단이 있다. 결정은 네가 해라."

"확실한 방법은 뭐죠?"

"두 번 다시 우리를 추격하지 못하도록 저놈들을 모조리 죽여 버리는 것이다."

그녀가 그를 힐끗 째려봤다. 타개 가능성은 둘째 문제다. 희대의 살성 아니랄까, 대량 살상을 아무런 꺼림 없이 주장하고 있다.

"간단한 방법은 뭐죠?"

"그냥 여길 떠나면 된다. 쉽게 말해 도망가자는 거다."

그녀는 즉각적으로 결정했다.

"그게 좋겠네요. 간단한 방법으로 해줘요."

그녀의 말에 그가 손을 불쑥 내밀어 그녀의 손목을 잡았다.

신체 접촉은 서로 간에 처음이다.

손목을 잡는 그와 손목이 잡히는 그녀가 동시에 움찔했다.

속내를 감추는 것은 그가 먼저다.

그는 그녀의 손목을 꽉 움켜잡고 말했다.

"나를 믿고 내 움직임에 너의 몸을 맡겨라. 이상한 현상이 눈앞에 펼쳐진다고 해서 불신하면 안 된다. 네가 나를 거부하면 나는 너를 도와줄 수 없다."

"네."

그녀의 동의에 그가 객잔 문을 같이 걸어 나갈 때였다.

그녀가 문득 걸음을 멈췄다.

"왜 그러느냐?"

"백 소협은 어떻게 하려고요?"

그는 그녀의 뒤편에 홀로 자리한 백리정을 슬쩍 쳐다보곤 고개를 저었다.

"저놈은 갈 수 없다."

"왜요?"

"내 능력으로는 한 명만 데리고 나갈 수 있다."

그의 말은 거짓이 아니다. 망량을 무리하게 펼치면 신체가 손상된다.

솔직히 몸이 완전히 회복되지 않은 그로서는 그녀를 데리고 나가는 것도 버겁다.

"안 돼요. 같이 나가야 해요. 우리만 나가면 백 소협은 생을 장담하지 못해요."

그녀가 뜻을 굽히지 않자, 그는 다소 곤혹스런 어조로 물었다.

"저놈이 네게 그렇게 가치가 있는 남자이냐?"

"생명의 은인이에요. 저 사람을 두고 가느니 나도 여기에 남겠어요."

그녀는 확실하게 뜻을 전달했다.

물론 그의 물음에 담긴 속뜻을 그녀가 제대로 알고 답한 것은 아니다.

그는 잠깐 생각한 후에 백리정의 손목도 같이 움켜잡았다. 어쩔 수 없는 상황이었다.

망량이 깨질 위험이 있더라도 그녀가 원하는 대로 해줄 수밖에 없었다.

그는 이추수와 백리정을 양손으로 잡고서 전방의 포진을 향해 걸어갔다.

충무검대가 병기를 세워들고 몰려나왔다.

함성이 귀를 쩌렁 울리고 검기와 도기가 사방의 공간을 뒤덮는다.

맞대응할 상황이 아니므로 적의 공격은 그에게 문제되지 않는다.

그는 점점 빨리 움직였고, 그러던 한순간 무인들의 눈앞에서 홀연히 사라졌다.

6장

용문거래(龍門去來)

즙포왕은 주서희와의 거래에 응했다. 그렇게 할 수밖에 없었다.

혈지주 사건은 그가 예상했던 것보다 훨씬 더 심각하게 꼬여 있었다.

무엇보다 문제되는 것은 정보의 부재였다. 요마의 정체는 커녕 성별조차 몰랐다. 이런 상태에서는 혈지주 범행에 깊이 관여된 조력자가 없고서는 사건의 핵심에 제대로 접근할 수 없었다.

게다가 이젠 이추수의 생명도 이 사건에 엮여 있었다. 주서희의 주장이 옳다면 이추수의 목숨은 바람 앞에 등불이나 마찬가지였다.

아홉 살에 거두어 십오 년 동안 제자처럼 딸처럼 키운 아이였다.

돌이켜 보면 그의 인생에서 가장 큰 보람은 사문의 명성을 되찾은 일이 아닌 그 아이와 같이 살아온 삶이었다. 즙포왕의 명성을 버릴지언정 그는 그 아이의 목숨을 공적인 일에 희생시킬 수 없었다.

다만 즙포왕은 거래에 응하면서도 사면권을 달라는 주서희의 요구에 명확한 답은 해주지 못했다.

최종 결정은 어디까지나 무림맹주 송태원의 몫이었다.

송태원은 부정한 일이라고 판단되면 자신에게 해가 되더라도 협상 같은 것을 하지 않는 강직한 위인이었다.

주서희가 부인이라지만 부당한 거래에는 응하지 않을 공산이 컸다.

이 때문에 즙포왕은 최종 결정은 자신의 권한이 아니므로 사면권을 받고 싶으면 용수담으로 가서 송태원을 만나 직접 설득하라고 하였다.

주서희는 즙포왕의 이러한 말뜻을 알고 용수담으로 동행했다.

송태원의 부인으로 오랫동안 살아왔던 주서희이다.

송태원의 성격에 대해서는 그녀가 누구보다 잘 알고 있었다.

사면권을 두고 송태원과 거래하려면 어떤 방식으로 나서야 하는지도 물론 모르지 않았다.

용봉회랑 용금천.

즙포왕과 주서희가 용수담에 도착했을 때에는 그곳의 전투 상황이 종료되어 있었다. 외형적인 결과는 송태원과 백리문의 승리였다.

송태원이 신마와 맞서고 있던 사이에 백리문이 압도적인 무력으로 신마교의 무인들을 쓸어버린 것이다.

하지만 전투 상황을 엄밀히 따져 보면 이것은 신마교의 작전에 따른 결과였다.

신마의 목적은 처음부터 이추수였다.

신마는 송태원과의 싸움에 최선을 다하지 않았고, 이추수가 떠난 후에는 대충 시간을 보내다가 병력을 퇴각시켰다.

송태원으로서는 즙포왕이 용수담에 도착한 다음에서야 신마의 목적이 이추수였다는 것을 알게 됐다.

아울러서 용문객잔에 포진한 충무검대가 반맹의 관할에 있다는 충격적인 정보도 접하게 됐다. 이추수를 먼저 보낸 것을 송태원이 뒤늦게 자책했지만 이제 와서 상황을 되돌릴 수는 없었다.

즙포왕은 상황 대책 논의에 앞서 주서희에 관한 내용을 송태원에게 먼저 전했다.

충격적인 내용임에도 송태원은 의외로 평정심을 유지했다.

기실, 주서희에 대해서는 송태원도 이미 어느 정도 의심하고 있었다.

주서희가 외부의 불순한 무리와 결탁되어 있다는 것을 오래전에 알았고, 그래서 그녀가 스스로 자백할 때까지 천향원을 찾아가지 않았다.

물론 주서희가 이토록 심각한 사안을 감추어왔으리라고는 생각하지 못했다.

일단 거래가 우선이다.

즙포왕의 중재 아래 송태원과 주서희의 대면이 이루어졌다.

그런데 주서희의 거래 방식이 즙포왕의 생각과는 완전히 달랐다.

따지고 보면 거래라고 할 수도 없었다. 주서희는 송태원 앞에 무릎을 꿇고 처분만을 기다렸다.

즙포왕은 백기를 세운 것과 다름없는 주서희의 모습이 진심인지 아닌지 판단할 수 없었다. 수십 년 동안 정체를 숨기고 살아온 여인이었다.

이 모습 또한 송태원의 동정심을 받으려는 고도의 수작일 가능성이 있었다.

남편 앞에 무릎 꿇은 여인과 그 여인을 묵묵히 지켜보는 남자.

부부 사이의 일이었다.

평상시라면 즙포왕이 나설 일이 없겠지만 지금은 상황이 달랐다.

이추수의 목숨이 경각에 처했기에 즙포왕은 이번 일에 이르게 개입하지 않을 수가 없었다.

"맹주의 심정을 모르지는 않지만 이번 일은 시간을 지체할 사안이 아니외다. 나를 비롯한 대포청은 맹주가 어떤 결정을 내리더라도 따를 것이니 부담을 가지지 말고 결정을 내려주시오."

부담두지 말라는 즙포왕의 말이 더 부담된다. 오랜 세월 동지로서 같은 길을 걸어온 두 사람이다. 즙포왕의 속뜻이 무엇인지 송태원이 모를 수가 없다.

송태원이 주서희를 똑바로 응시하고 물었다.

"부인께선 나와 거래하길 진정 원하시오?"

주서희가 숙였던 고개를 들었다.

"우리는 부부예요. 지아비와 어찌 거래한단 말입니까. 그냥 당신 뜻대로 하세요."

주서희의 눈에 눈물이 맺혔다.

눈물의 진심은 즙포왕도 백리문도 조광생도 알 수 없다. 그나마 송태원만이 그녀가 보인 눈물의 의미를 이해할 수 있다.

툭!

송태원이 단검을 주서희의 무릎 앞에 던졌다.

"맞소. 내게 거래 같은 것을 기대하지 마시오. 세 가지를 묻겠소. 무림 맹주의 부인으로서 죽을 것인지 반맹의 수괴로 처단될 것인지는 부인의 말을 들어본 다음에 결정할 것이오."

"네."

주서희는 주저없이 단검을 손에 잡았다.

송태원이 물었다.

"반맹의 최종 수괴가 누구요? 그자가 혈지주요?"

"정존과 마존, 두 사람이에요. 마존은 신마이고 정존은 혈지주인데 정존의 정확한 정체는 저 역시 몰라요. 다만 삼제와 사존, 오왕의 대다수가 정존에게 포섭된 점에서 보듯 예전 정파무림에서 막강한 권력을 휘둘렀던 존재인 것은 확실해요."

송태원이 주서희를 진하게 주시했다. 주서희가 무언가를 숨기고 있다면 바로 잡아냈을 것이다.

송태원이 두 번째 물음을 던졌다.

"용문에서는 대체 무슨 일이 벌어지고 있는 거요? 그 일이 혈지주 사건과 연동되는 것이오?"

"화룡도의 저주가 부활하고 있어요. 혈지주 사건과 반맹의 사건은 모두 그것 때문에 벌어진 거예요."

화룡도 부활은 최악의 사태이다.

설마 했던 일이 현실이 되자 송태원과 즙포왕의 안색이 동시에 굳었다.

의문을 해소하고자 즙포왕이 추가적인 물음을 던졌다.

"화룡도는 오래전 용문 상황에서 소멸되었소이다. 내 눈으로 직접 지켜본 일인데, 그 화룡도가 어찌 이제 와서 다시 부활한단 말이오?"

"화룡도는 화룡과 더불어 소멸된 것이 맞아요. 지금 부활하는 것은 그 화룡도의 재에서 재탄생된 용신체(龍新體)예요."

"용신체? 그게 뭐지요?"

"그건 나도 몰라요. 분명한 건 화룡도의 재에서 무언가가 탄생했고, 그게 천하의 운명을 좌우할 만큼 위험하다는 거예요."

즙포왕이 무언가를 잠깐 생각하고 다시 물었다.

"하면 혈지주 사건과 용신체는 무슨 관계인 겁니까?"

"화룡도가 소멸될 당시, 현음지화중화대법을 펼친 혈관음들이 있었죠. 모두 열 명인데 그중의 한 명에게 용란(龍蘭)이 스며들었어요. 용의 꽃, 용란은 용신체를 일깨우는 매체가 되는 기운인데, 혈지주 사건은 바로 그 용란의 소유자를 찾기 위해 벌인 짓이에요."

주서희의 말에 즙포왕은 곤혹한 표정을 자아냈다.

말뜻은 알아듣겠는데 여전히 풀리지 않는 의문이 남아 있었다.

"그 당시 추수는 그곳에 없었소이다. 추수는 화룡대란이 끝난 이후 내가 악양으로 가서 직접 거둔 아이인데 어찌 그 아이의 몸에 용란이 스며들 수 있다는 것이오?"

"이 포교가 혈관음인지 아닌지에 대해서는 내가 말할 입장이 아닙니다. 나는 내가 알고 있는 정보만을 전할 뿐입니다. 용란은 인체로 침투한 사기와 마기를 불태웁니다. 추수가 천밀원에 찾아왔을 때 사기에 물들지 않은 벽사검법을 발휘했지요. 그 일이 반맹에 보고되었고, 그래서 반맹의 세력들이 이 포교의 실체에 대해 의심하게 된 겁니다."

즙포왕도 주서희의 주장에 동의하는 점은 있었다.

이추수는 벽사검법을 성취했음에도 벽사의 사기에 물들지 않았다.

벽사문의 제자 중에 그런 존재는 한 명도 없었다. 즙포왕도 예외가 아니기에 벽사검법의 진전을 피해서 수련해야 했다.

다만 그럼에도 그의 의문은 여전히 풀리지 않았다.

현장에 없었던 이추수가 어떻게 혈관음이 될 수 있단 말인가.

이 의문을 풀자면 이추수와 관련된 모든 것을 원점으로 돌려 새로이 추적 조사해야 한다.

줍포왕이 생각에 잠겨 있을 때 송태원이 주서희를 무겁게 주시했다.

물음이 하나 더 남았다. 그 내용이 무엇인지는 주서희도 이미 짐작하고 있는 눈치이다.

"당신은 신마와 어떤 관계인 거요?"

주서희는 대답에 앞서 한숨을 내쉬었다. 그녀를 가장 힘들게 하는 물음은 반맹에 관한 것이 아니라 바로 이 물음이다.

"남편이에요. 당신을 만나기 전에 연을 맺었던 전 남편이죠."

"으음."

평정심을 유지했던 송태원이 이 답변에서는 감정이 흔들리는 모습을 보였다.

"신마의 반란, 신강의 난은 바로 저 때문에 벌어졌습니다. 그때 신마는 검마와 맞서면서까지 나를 끝까지 보호해 주었지요. 나는 신마가 마련해 준 은신처에서……."

송태원이 노한 음성으로 주서희의 말을 잘랐다.

"지나간 개인사는 말하지 말라. 내가 알고 싶은 것은 신마
와 당신의 현재 관계이다. 묻겠다. 당신은 나를 만난 이후로
도 신마와 연락하고 있었던 건가?"

송태원의 심정이 어떠한지는 어조를 통해 잘 드러난다. 송
태원이 주서희에게 경어를 사용하지 않은 것은 이번이 처음
이다.

"조직의 명이었습니다. 저로서는 어쩔 수 없었습니다."

송태원의 얼굴이 붉어졌다.

"하면, 청평원에서 나를 만나게 된 것도 신마의 지시를 받
아 이루어진 일인가?"

"……."

"거짓 없이 답하라. 나를 만나 연정을 고백하게 된 것도 사
전에 계획된 일인가."

"죄송합니다. 부디 저를 죽여주세요."

주서희가 눈물을 왈칵 쏟아내며 손에 든 단검을 자신의 목
에 겨누었다. 자결의 명이 떨어지면 바로 감행할 태세이다.

"으으."

송태원이 그 모습을 보곤 이를 악물었다. 사람도 가짜이고
전날의 연정도 조작이다.

이 배신감과 분노를 어찌 다 말로 표현하랴. 마음으로는 이미 백 번도 더 주서희의 목을 베었다.

송태원이 초인 같은 정신력으로 감정을 다스리곤 뒤돌아섰다.

"거래는 끝났소. 사면권을 내려주겠으니 어서 여길 떠나시오."

떠나라는 말.

주서희를 용서한다는 뜻이 아니다.

용서를 했다면 천밀원으로 돌아가라고 했을 것이다.

"부부의 연은 오늘로서 끊어졌소. 다시는 내 눈앞에 나타나지 마시오."

주서희가 땅에 머리를 박고 오열했다.

"아아, 진정 나를 버리시는 겁니까. 차라리 저를 이 자리에서 죽여주십시오."

등을 돌린 송태원은 용문객잔 방향으로 곧장 걸어갔다. 등 뒤에서 그녀의 오열이 계속 들려왔지만 그는 한 번도 뒤돌아보지 않았다.

송태원의 모습이 시야에서 사라지자 즙포왕은 주서희의 앞으로 걸어갔다.

"반맹의 구성원에 대해 조사가 더 있을 것이오. 부인께서 잘 협조해 주리라 믿겠소."

주서희가 눈물 자국을 닦아내고 자리에서 일어났다.

"당신의 눈엔 아직도 내가 맹주의 부인으로 보이는 건가요?"

즙포왕은 떨떠름한 표정을 비췄다.

부부의 연은 쉽게 끊어지지 않는다. 게다가 맹주는 정에 약하다.

주서희가 오랜 시간 자숙하고 반성하는 모습을 보인다면 오늘의 상황이 또 달라질지 모른다. 무엇보다 주서희는 맹주의 마음을 돌리게 하고도 남을 여인이다.

"대포청의 조사는 염려하지 마세요. 조직을 배신한 몸이에요. 반맹의 세력을 처리하지 못한다면 난 죽은 목숨이나 다름없어요."

사람은 믿을 수 없지만 주서희의 이 말만은 즙포왕도 믿었다. 주서희는 이제 뭐가 어찌 됐던 무림맹에 협조할 수밖에 없었다.

"마음을 바꾼 이유가 뭐지요? 반맹에 몸담고 있었으면 정체를 드러내지 않아도 되지 않았겠습니까?"

즙포왕의 솔직한 물음에 주서희는 맹주가 떠나간 용문객잔 방면을 글썽이는 눈으로 바라봤다.

"남편은 둘이었지만 내가 연모한 남자는 오직 한 분이에요. 난 그분을 만나지 않았다면 요마로서 평생 숨어 살았을 뿐, 여인의 삶이 무엇인지는 알지 못했을 거예요."

주서희의 말뜻을 줍포왕은 이해하지 못했다. 워낙에 숨긴 것이 많은 여인인 터라 앞으로도 그 속내를 알기란 쉽지 않을 것이다.

포교들이 주서희의 좌우에 붙어 섰다. 주서희를 데리고 가기 전 줍포왕은 가슴에 담긴 의문에 대해 물었다.

"칠년전쟁 초기에 송 맹주를 청평원에서 만났다고 하는데 내가 알기로 그때는 송 맹주가 명성을 날리기 전입니다. 이름도 없는 무인을 남편으로 택한 이유가 무엇이지요?"

"그건 나도 몰라요. 난 신마의 명에 의해 청평원으로 가서 맹주를 만났어요. 그 사람이 무림맹주가 되리라고는 그땐 정말 생각도 못했어요."

포교들이 주서희를 심문 장소로 데리고 갔다.

줍포왕은 주서희의 모습을 지켜보며 그녀의 말을 생각해 봤다. 의문이 풀리기는커녕 더 심화되고 있었다.

"정말 어렵군. 그들은 송태원이 정파의 수장이 될 것임을 어떻게 알고 있었을까?"

이 의문은 혈마가 아귀굴에 남긴 의문의 글과 연동된다.

혈마 역시도 십오 년 전에 태화라는 글자를 감옥의 벽면에 새겨두었다.

"분명 무언가가 있어. 강호가 모르는 무언가가……."

포교의 직감이 발동되지만 즙포왕으로서는 이 의문에 한 걸음도 접근할 수 없었다. 생각하면 할수록 머릿속이 더 복잡해질 뿐이었다.

*　　*　　*

용문객잔 이백 장 외곽.

송태원과 즙포왕은 외곽의 평원에서 전방을 내다보고 있었다.

그들의 좌우에는 조광생과 백리문이 각각 자리했다. 거리가 제법 되지만 내공의 수준이 워낙에 높은 무인들이기에 용문객잔 일대를 살펴보는 것은 그들에게 그다지 어려운 일이 아니었다.

현 위치에서 용문객잔으로 더 다가가지 못한 것은 충무검대가 용문객잔 앞에 포진해 있기 때문이었다. 주서희의 정보가 아니었다면 별생각 없이 충무검대 속으로 들어갔을 것이다.

척후로 보낸 포교의 보고에 의하면 반 시진 전, 의문의 방립인이 이추수와 백리정을 데리고 충무검대의 포진을 뚫고 나갔다고 하였다.

처음엔 송태원과 줍포왕이 이 보고를 믿지 않았다.

충무검대는 무림맹 최강의 전투 단체였다. 그들을 상대로 피 한 방울 흘리지 않고 포진을 뚫고 나갈 능력은 맹주에게도 검선에게도 없었다.

하지만 다른 척후에게서도 같은 내용이 보고되자 그땐 믿지 않을 수가 없었다. 그래서 그때부터 그들의 초점은 불가사의한 능력을 발휘한 인물, 방립인의 정체를 알아보는 것에 맞추어졌다.

척후의 보고를 종합해 보면 방립인은 아귀굴을 탈출한 혈마의 모습과 비슷했다.

특히 비원객잔까지 혈마와 동행했던 인물, 송괄이 설명해 준 그 복장과 거의 똑같은 옷을 입었다.

"혈마가 맞을 겁니다. 혈마는 탈옥 이후로 추수를 계속 뒤쫓고 있었습니다. 솔직히 혈마의 도움이 아니었다면 우리는 추수가 홍매화 상여에 갇혀 있었다는 것도 알지 못했을 겁니다."

방립인을 혈마로 추정한다고 해도 문제는 여전히 남아 있었다. 평원 상황을 바라보는 조광생의 물음이 바로 그러했다.

"충무검대를 뚫어낼 능력이 혈마에게 있었던가요? 또 뚫어냈다면 혈마는 어디로 갔단 말입니까?"

첫 번째 의문에는 답할 수 없지만 두 번째 의문에 대해서는 즙포왕이 답을 알 것도 같았다.

"혈마는 용마총으로 들어갔을 겁니다. 그곳으로 간 이유에 대해서는 묻지 마십시오. 나도 잘 모릅니다."

송태원도 즙포왕의 주장에 동의했다.

"어쩌면 혈마는 처음부터 용문 상황에 대해서 알고 있었는지 모릅니다. 그래서 직접 쳐들어갔을지도……."

송태원과 즙포왕의 단정에 백리문과 조광생은 다른 의견을 표하지 않았다.

두 사람은 전날의 용문 상황을 겪지 않았기에 뭐라고 답할 입장이 아니었다.

"우리는 맹주의 결정을 따르겠소. 하니 맹주께선 편하게 명을 내려주시오."

조광생의 말. 말은 쉽지만 현실적으로 결정하기란 어렵다.

척후의 보고에 의하면 현재 충무검대에는 불존이 수로왕과 표국왕 같은 무림의 거물을 동원해서 전위로 직접 나왔다고 하였다.

이런 상황에서는 송태원과 즙포왕, 조광생과 백리문이 힘을 합친다고 해도 충무검대를 뚫고 용마총으로 들어가기가 쉽지 않았다.

송태원이 생각 끝에 결정을 내렸다.

"더는 시간을 늦출 수 없습니다. 지금 들어가겠습니다."

정공법으로 뚫겠다는 뜻.

즙포왕이 말을 돌려서 반대했다.

"놈들을 쳐 죽이고 싶은 심정은 나 역시 마찬가지이지만 이 일에 무림맹의 운명이 걸려 있소이다. 내일 오후가 되면 중부검대가 이곳으로 올라올 테니 그때까지라도 여기서 기다려보는 것이 어떻겠소?"

"강북의 충무검대가 반맹에 넘어갔습니다. 중부지역의 충무검대 또한 변질되지 않았다고 장담할 수 없습니다. 그리고……."

송태원이 강한 눈빛을 내보이며 말을 이었다.

"단체와 단체가 싸우면 용문 상황이 더 복잡해집니다. 어쩌면 용문전투가 무림 전쟁으로 확전될지도 모릅니다. 나는 무림 맹주로서 강호를 피로 물들이는 전면전은 일으킬 수 없습니다."

"하면 대체 어떻게 하려고?"

"용문객잔으로는 나 혼자 들어가겠습니다. 충무검대가 변질된 것은 단체장들에게 문제가 있기 때문입니다. 내가 홀로 용문객잔으로 들어간다면 저들은 감히 나를 상대로 집단전을 펼칠 수 없을 겁니다."

"홀로 간다니요? 그건 절대 안 됩니다."

즙포왕으로서는 당연히 강하게 반대했다. 맹주의 뜻은 알지만 이건 불속으로 뛰어드는 자살행위나 진배없었다.

"난 이미 결정을 내렸습니다. 구 형께선 내 결심을 꺾지 마십시오."

송태원도 뜻을 굽히지 않았다.

두 사람의 의견 대립에 해결책을 제시한 이는 이제껏 잠자코 지켜봤던 백리문이었다.

"송 맹주의 결정에도 일리가 있습니다. 현 시점에서 단체가 충돌하면 상황이 더 복잡해집니다. 용마총 안에 현 사태를 풀어낼 수 있는 답이 있으니 내가 맹주를 호위해서 그곳으로 들어가겠습니다."

백리문까지 목을 내던지고 나서자 즙포왕도 더는 반대하지 못했다.

"알겠습니다. 이왕 이렇게 된 것, 나는 조 장문인과 같이 용적암 비밀 암동을 통해서 용문으로 침투하겠습니다. 우리가 반맹의 수괴들을 먼저 잡아버린다면 하부 조직원도 함부로 준동하지 못할 겁니다."

즙포왕의 말에 송태원이 희미한 미소를 머금었다.

용적암 비밀 암동.

척룡조로 활동하던 전날의 기억이 떠오른다. 십오 년이란 세월이 흘러 용문으로 다시 들어가게 될지 누가 알았으랴.

송태원이 즙포왕과 조광생에게 눈인사를 전하고는 돌아

섰다.

백리문도 뒤돌아서서 송태원의 옆에 자리했다. 칠년전쟁 당시 쌍룡검주로 불렸던 두 사람이다. 전투 상황에 같이 나서기는 실로 오랜만이다.

송태원이 검을 빼 들고 말했다.

"미안합니다. 부덕한 나로 인해 검선의 길을 걸으시는 백 대협의 검에 다시 피를 바르게 되었군요."

백리문이 피식 웃곤 검을 들었다.

"천만의 말씀. 나는 검선이기 이전에 전검의 용사. 피를 바르는 검은 내게 큰 영광이지요."

송태원과 백리문이 전방의 포진으로 터벅터벅 걸어갔다. 두려움 같은 것은 일체 보이지 않는 두 사람이다. 그들이 충무검대 앞에 다다를 시점에서 즙포왕도 벼랑길 방면으로 돌아섰다.

목을 던진 심정은 피차에 마찬가지이다.

용봉회랑의 벼랑길을 올려다본다.

"후아, 저걸 또 타야 된다니 끔찍하군."

벼랑길을 타던 전날의 기억이 떠오르자 즙포왕은 고개를 휘휘 저었다.

분위기 파악을 못 하는 사람은 조광생이다.

까마득한 벼랑.

조광생으로서는 용봉회랑의 웅장한 절벽을 보면 그저 감탄이 나올 뿐이다.

*　　　*　　　*

태화 팔 년 십이월 삼 일 용문 암굴.

운명이란 태양의 운행과 같다.

전날 밤에 아무리 폭풍우가 몰아치고 눈보라가 세상을 뒤덮는다고 해도 다음날 아침이면 동쪽 하늘에서 어김없이 태양이 떠오른다.

그것은 예정된 일이며 불변의 현상이다. 태양 아래서 햇살을 사라지게 하는 것은 불가능하다.

태양을 손으로 가리고, 등을 돌린다고 한들, 햇살 자체가 사라지는 일은 절대 없다.

그가 이추수를 통해서 느끼는 운명이 바로 그렇다.

그녀와 그는 시공결의 운명으로 사슬처럼 엮여 있다. 과거와 미래의 사슬로 엮인 이 운명을 자기 마음대로 조절해서 풀어낸다는 것은 가능하지 않다. 억지로 조절해서 풀어내려고 하면 더 강하게 엮일 뿐이다.

아귀굴에서 십오 년의 세월을 보내는 동안 그의 관심사는 오직 그녀와의 재회였다. 그는 재회의 순간을 상상하며 어떻

게 하면 만족한 결과를 이루어낼 수 있는지 수없이 생각하고
또 계획했다.

하지만 아귀굴에서 그녀를 접한 이후로, 그가 생각했던 재
회의 과정은 한 번도 계획대로 진행되지 않았다. 마지막 전서
가 날아갈 때까지 그녀의 삶에 영향을 끼치면 안 된다는 것을
알면서도 혈지주 사건에 개입했고, 나아가서는 탈옥까지 하
여 전서를 보냈다.

용문객잔 상황에서도 그랬다.

그의 원래 계획은 그녀 앞에 등장하지 않고 멀리서 지켜준
다는 것이지만, 상황은 그로 하여금 그녀를 직접 구출하도록
만들었다.

아주 잠깐이지만 방립 아래의 맨 얼굴로 그녀와 눈빛까지
진하게 교환했다.

시공연동을 지키는 행위에 집착하는 것은 이제 무의미하
다.

그녀의 삶에 너무나 깊이 개입했다.

그래서 그는 지금의 과정도 예정된 운명의 일환이라고 생
각을 편히 가졌다. 미래에서 지금과 같은 일이 벌어졌기에 그
녀가 과거의 그에게 그토록 절절한 전서를 날려 보냈다는 것
이다.

용문객잔을 돌파한 후, 그가 이추수를 데리고 용문암굴로

향한 것도 그런 정공법을 생각했기 때문이다.

용문에서 벌어지는 사건.

그 사건 속에 그의 과거와 미래가 엮여 있었다. 피한다고 해서 될 일이 아니었다.

사슬 같은 운명을 풀어내자면 다시 용문으로 들어가 그곳에서 무슨 일이 벌어지는지 알아보고, 또 할 수만 있다면 순리에 맞게 직접 타개하는 것이 최상의 해결책이었다.

현 시각, 밤은 충분히 깊었다.

차가운 밤바람이 살을 얼어붙게 한다.

이추수와 백리정은 현재 용문 암굴 앞의 구덩이에 드러누워 망량의 후유증을 앓고 있었다. 용문객잔을 뚫고 나올 때 삼중으로 펼쳐진 망량을 발휘한 터라 단시간에 깨어나기는 어려울 터였다.

적막한 밤. 시간이 흐른다.

불을 피울 수 없기에 그는 한 식경에 한 번씩 진기를 주입해 이추수와 백리정의 몸을 덥혀주었다.

특히 그녀가 신음을 흘리거나 몸을 뒤척이면 부인을 간호하듯 정성을 다해서 그녀의 몸 상태를 돌봐주었다.

"씨, 눈꼴사나워서 못 봐주겠군. 야! 그렇게 아끼는 여자라면 여기서 청승떨지 말고 안전한 곳으로 데리고 가! 가서 네가 누구라고 당당히 정체를 밝혀."

그의 뒤편. 어둠 속에서 사내의 음성이 들려왔다.

그는 뒤돌아보지 않고도 음성의 주인공이 누구인지 알았다.

"내가 겪어야 할 일이 아직 남아 있어. 그 일을 끝마치기 전에는 내 신분을 밝힐 수 없어."

"그 일이란 게 대체 뭔데? 얼마나 대단한 일이기에 그 긴 세월 동안 정체를 감추고 숨어 살았어?"

그는 고개를 뒤로 돌려 어둠 속을 쳐다봤다.

사십 대의 남자.

마상담이 바위 위에 앉아 있었다.

"전서가 한 장 남아 있어. 그 전서를 내가 받아보아야 해. 그걸 받지 않으면 내가 겪은 모든 사연은 신기루가 될 거야."

"끄응."

마상담이 뚱한 음성을 흘려냈다. 시공결에 대해 설명해 주지 않았으니 이런 반응이 나오는 것도 무리는 아니다.

"야. 이제 그만 쉽게 좀 살자. 생고생을 그만큼 했으면 되었지 뭘 또 그렇게 어렵게 살아가려고 해."

마상담의 말에 그는 씁쓸히 웃었다. 시공결로 엮인 그의 삶을 말로는 설명할 수 없었다.

그녀와 그의 삶은 인위적으로 짜 맞추어놓은 것처럼 절묘하게 엮여 있었다. 마지막 전서를 그가 받지 못하면 그녀가 죽게 되고, 그녀가 죽으면 또 그가 지금처럼 살아올 수 없었다.

"실은 나도 이런 삶이 진짜 지겨워. 기분으로는 당장에라도 강호를 떠나서 편하게 살고 싶어."

그는 혼잣말로 심정을 토로하며 이추수에게 시선을 돌렸다.

그녀가 신음을 흘리며 몸을 뒤척이고 있었다. 망량에서 깨어나고 있는 것 같았다.

"참, 부탁한 것은 어떻게 됐어?"

"걱정 마. 반맹의 수괴가 매불립일지 모른다는 말을 전해 듣고는 육산이 망월루 식구들을 모조리 데리고 나왔어. 그 녀석 지금 완전히 열 받았어. 상대가 무림맹이든 반맹이든 전쟁도 불사할 거야."

망월루를 동원한 것은 오늘의 상황을 확실하게 끝마치기 위해서이다.

시공결이 끝나고도 전날의 사건에 얽매이는 삶은 생각하기도 싫다.

반맹의 수괴가 매불립이라면 다시는 재기하지 못하도록 그 조직원까지 확실히 처단할 계획이다.

"수고했어. 애들이 곧 정신을 차릴 것 같으니 넌 이제 그만 가 봐. 참, 결단을 내려준 육산에게 감사를 전한다고 말해줘.

너도 몸조심하고."

"감사는 무슨! 그게 너만의 일이야? 우린 구천을 떠도는 전우들의 한을……."

이추수와 백리정이 깨어나는 모습을 보였기에 마상담의 음성이 중간에서 끊겼다.

말뜻은 물론 충분히 알아들었다.

망월단의 한.

십오 년의 세월을 건너뛴 전우의 복수를 이번 기회에 해야 한다는 거다.

7장

용문애사(龍門哀史)

"아!"

"으으."

마상담이 떠나고 난 후에 이추수와 백리정이 머리를 매만
지며 깨어났다.

고도의 경지에 이른 망량을 겪었으니 시공간의 혼란은 당
연하다.

두 사람은 한참을 멍하니 앉아 있다가 입을 열었다.

"어, 어떻게 된 겁니까?"

"여긴 어디죠?"

전자의 물음은 백리정이 했고, 후자의 물음은 이추수가 했다.

그는 그중에서 이추수의 물음에만 대답했다.

"용마총으로 들어가는 비밀 암동 앞이다."

이추수와 백리정이 자리에서 일어났다.

"당신이 이곳으로 우리를 옮긴 겁니까?"

"우리가 얼마나 정신을 잃었죠?"

그는 이번에도 이추수의 물음에만 답했다.

"세 시진이 흘렀다. 자정이 지났으니 날이 바뀌었다고 할수 있다."

백리정이 그를 힐끗힐끗 훔쳐보며 이추수와 귓속말을 나누었다.

그의 정체를 물어보는 것일 터다.

잠시 후 백리정이 깜짝 놀라는 모습이 되어 뒷걸음질 쳤다.

그의 정체를 알고 난 후에는 눈빛조차 마주치지 못하고 있다.

이추수가 백리정을 뒤에 남겨두고 그의 눈앞으로 바짝 다가왔다.

"용문객잔에서 선배님이 발휘한 무공은 대체 뭐죠?"

"마술."

그는 간단히 답했다.

정체를 들킬 수가 있으니 망량에 대해 바르게 말해줄 수 없다.

물론 계속해서 속이지는 못한다. 시간이 지나면 결국 그녀 스스로 의문을 풀어내게 될 것이다.

"치이, 무슨 대답이 그래요? 눈앞에서 공간이 빙빙 돌고 사람들이 쭉쭉 늘어났단 말이에요. 도가의 이형환위(移形換位)나 마교의 환영행공 같은 경신 수법인가요?"

그는 잠깐 침묵하고 말을 돌렸다.

"지금은 그게 중요한 게 아니지. 중요한 것은 너희가 사지에서 무사히 살아나왔다는 거지. 안 그래?"

그녀가 눈을 빛냈다.

포교로서 상황 파악이 재빠른 그녀이다. 우선적으로 해야 할 것은 따로 있다.

그녀가 그에게 포권을 해보였다.

"저희를 구해주신 것 감사드립니다. 나중에 은혜를 꼭 갚도록 하겠습니다."

그녀의 인사를 뒤따라 백리정도 포권을 했다.

"절강성 백리세가의 백리정입니다. 생명의 은인이신 혈마 선배님께 감사드립니다."

둘의 인사에 그는 고개를 저었다.

"마음에 없는 말은 하지 마라. 본좌는 탈옥범이다. 너희가 나중에 나를 다시 만나게 되면 칼부터 뽑아 들 것이다."

이추수와 백리정은 대답하지 못하고 머쓱한 표정을 보였다.

그의 말이 맞다.

그는 무림의 역대 탈옥범 중에서 최고로 위험한 존재이다. 은인이나 은혜라는 말로 훗날을 함부로 기약할 수 없다.

어색해진 분위기를 그녀가 물음으로서 깨고 나왔다.

"참, 우리를 왜 이곳으로 데리고 왔죠?"

"네가 원하는 곳이 아니더냐? 마음에 들지 않으면 말해라. 지금이라도 장소를 옮겨줄 수 있다."

"그게 무슨!"

백리정이 입을 삐쭉이며 대화에 개입했다.

용마총은 안전한 장소가 아니다. 반맹의 무인들이 지척에 있다.

백리정의 생각으로는 그녀가 이곳으로 오기를 원했을 리가 없다.

그런데 그녀의 대답은 백리정의 생각과 달랐다.

"선배님은 어찌 그렇게 내 마음을 잘 아세요? 이럴 때는 정말 선배님이 저랑 오랫동안 같이 생활해 온 지인 같아요."

"……"

그는 대답 없이 깊은 눈으로 그녀를 응시했다.

망량은 장거리 이동술이 아니다. 망량의 범위 안에서 최적의 은신 장소는 용마총 비밀 암동을 지척에 둔 바로 이곳이다.

하지만 그렇다고 해도 그건 은신지로 택한 이유의 전부가 되지 않는다.

안전만을 고려했다면 이추수와 백리정을 업고서라도 용마총을 멀리 떠났을 것이다.

그가 그녀를 굳이 이곳으로 데리고 온 이유는 말로는 설명하기 곤란한 운명 같은 이끌림을 그녀 역시도 받았다고 생각했기 때문이다.

용마총에서 벌어지는 사건.

그 사건에 그의 과거와 그녀의 미래가 하나의 운명처럼 깊이 엮여 있었다.

이 경우 둘 중 하나의 운명만 풀어서는 바른 대책이 될 수 없었다.

위험하더라도 그녀와 같이 용마총으로 들어가서 결과를 보는 것이 최상의 해결책이었다.

그녀가 어둠 속의 용마총을 돌아봤다.

"용마총에는 언제 들어가죠?"

"해가 뜰 때."

"그때까지 우린 뭐하죠?"

"운기조식을 하든가, 잠을 자거라. 용마총에 들어가면 몸을 돌볼 시간이 없을 거다."

그는 그 말을 끝으로 입을 다물었다.

아직 물어볼 사안이 많은 그녀가 이런저런 말을 건넸지만 그는 무반응으로 일관했다.

아침이 되기에는 아직 이른 시간이다.

이추수와 백리정이 그에게서 조금 떨어져 앉아 낮은 음성으로 대화를 주고받았다.

"이 소저, 용마총에 들어가면 안 됩니다."

"왜요?"

"우리끼리 들어가기에는 너무 위험해요. 맹주님과 숙부님을 기다렸다가 같이 들어가는 것이 옳지 않겠습니까."

"우리끼리가 아니죠. 저분과 함께 들어가는 거죠."

"그래서 더 안 된다고 생각합니다. 저 사람이 누구인지 잘 아시잖아요. 혈마는 믿을 수 없고, 또 너무 위험해요."

"선택은 자유예요. 겁이 나서 들어가기 싫다면 백 소협은 그냥 이곳에 남으세요."

"겁이 난다니요? 이 소저는 나를 어떻게 보고……."

그가 그랬듯, 이추수는 백리정이 자꾸 말을 걸어오자 입을 다물어 버렸다.

나아가서는 백리정을 아예 상대하지 않고자 가부좌를 틀

고 운기조식에 임했다.

한 시진이 흘렀다.

운기조식을 끝낸 그녀는 가장 먼저 그의 모습부터 살폈다.
그는 이전과 같은 모습, 달빛이 잔잔히 깔린 바위 위에 조용
히 앉아 있었다.

말을 걸어도 응해줄 것 같지 않자 그녀는 백리정에게 시선
을 돌렸다.

백리정은 십 보 떨어진 자리에서 팔베개를 하고 드러누워
있었다.

잠은 당연히 안 온다.

이추수는 필기구를 꺼내 전서를 적기 시작했다.

이 야밤에 무슨 글인가?

밤하늘을 보고 있던 백리정이 호기심 어린 얼굴로 그녀의
옆에 바짝 다가왔다.

"이 소저, 뭐하는 거죠?"

"아, 아무것도 아니에요."

이추수가 등을 돌려 전서를 가렸다.

원래 숨기면 더 보고 싶은 법.

백리정이 이추수의 어깨너머로 고개를 내밀어 작성 중인
전서를 내려다봤다.

"응? 이 밤에 무슨 글? 유서라도 쓰는 겁니까?"

"자꾸 왜 이래요. 어서 저리 가요."

그녀가 필기구를 내려놓고 눈을 흘겼다. 눈빛이 예사롭지 않다.

방해하지 말라는 거다.

백리정을 뒤로 물린 그녀는 다시 필기구를 들고 전서를 적어 내려갔다.

백리정이 그녀의 모습을 쳐다보며 물었다.

"유서가 아니면 일기라도 쓰는 겁니까?"

"편지예요."

"편지? 누구에게 쓰는 거죠?"

"애인."

"애인이라고요?"

백리정이 인상을 구겼다.

이추수는 전서에만 집중할 뿐 눈길도 돌리지 않고 있다. 괜히 심통이 난다.

백리정이 볼멘 음성으로 중얼댔다.

"철이 들려면 아직 멀었군. 전달해 줄 투체원도 없는데 무슨 편지를 써."

"……."

이추수가 편지 쓰기를 멈추고 백리정을 째려봤다.

생명의 은인이랍시고 최근에 좀 다정하게 대해 주었더니

분위기 파악을 영 못하고 있다. 그녀는 선을 분명히 그어두고 자 냉랭한 어조로 말했다.

"이봐요, 강남 도련님. 내가 유서를 쓰든 연애편지를 쓰든 왜 쓸데없이 참견하세요. 할 일 없으면 신경 끄시고 잠이나 자세요."

"끄응."

그녀의 독설에 백리정은 기세를 바로 꺾었다.

백리정을 상대하는 그녀의 원래 모습은 이게 진짜이다. 생 명의 은인이란 약발 때문에 최근에 지나치게 순한 양이 되어 있었던 그녀이다.

이추수가 전서를 다 적고 자리에 일어났다. 그런 다음 밤하 늘을 돌아보며 휘파람을 길게 불었다.

달밤에 무슨 짓을 하고 있는가.

백리정이 떨떠름한 눈으로 그녀의 모습을 지켜봤다.

끼룩끼룩.

야공에서 비둘기 한 마리가 날아왔다.

"응?"

백리정이 눈을 빛내며 일어섰다.

"아하, 이제 보니 그 애는 애완조가 아니라 전서구였군요. 나 모르게 대포청과 연락을 주고받았던 모양인데 이 소저께 선 그래서 용마총으로 들어가는 것을 꺼리지 않았군요."

혼자서 북 치고 장구 치는 백리정의 말이다.

이추수는 대답 없이 전서를 유월이의 발에 매달아 하늘로 날려 보냈다.

그런데 하늘로 보낸 유월이가 날개도 퍼덕이지 않고 곧바로 그녀에게 되돌아왔다.

하늘로 다시 던져 봐도 마찬가지였다. 유월이는 날아갈 생각을 도무지 하지 않고 있었다.

"왜 이러지? 어디 아픈가?"

유월이의 상태를 이추수가 살펴봤다. 특별히 이상한 점은 없다.

세 번째로 날려 보냈을 때는 더 당혹스러운 결과가 나왔다.

날개를 퍼덕이며 날아오르기는 했는데 엉뚱하게도 이추수의 뒤편에 앉아 있는 그에게 날아가 버렸다.

그녀가 뒤돌아 그에게 다가섰다.

"으음."

그는 손목에 앉은 유월이를 보며 곤혹스런 숨결을 흘려냈다.

이추수가 전서를 작성하던 그때, 이미 이런 결과를 예상했다.

그가 바로 옆에 있거늘 유월이 시공을 건너갈 리가 없는 것이다.

이 상황을 어떻게 모면할까.

머릿속에서 온갖 생각이 다 들지만 마땅한 수가 없다.

그녀의 음성이 들려왔다.

"선배님, 미안해요. 유월이가 오늘 몸이 많이 안 좋은가 봐요. 유월아 그분을 귀찮게 하지 말고 어서 이리와."

그녀가 불렀음에도 유월이는 움직이지 않았다. 똘망똘망한 눈으로 그를 쳐다볼 뿐이다.

'미치겠군.'

그는 방립을 숙여 유월이를 보며 눈을 마구 끔뻑였다.

'가! 제발 가!'

말귀를 알아듣는 영물이건만, 이 순간만큼은 정말 눈치가 없다.

그의 눈 깜짝임에 유월이는 오히려 반갑다는 듯이 날개를 퍼덕였다.

상태는 더 심각해진다.

그녀가 유월이의 이런 모습을 보곤 고개를 갸웃했다.

무언가를 의심하는 모습.

더 이상 머뭇거려서는 안 된다.

"이놈! 날짐승 따위가 어딜!"

그는 땅을 들썩이는 큰 음성을 지르며 벌떡 일어났다.

푸드덕!

유월이 깜짝 놀라며 하늘로 날아올랐다.

이추수와 백리정도 놀란 눈으로 그를 쳐다봤다.

"주변을 돌아보고 오겠다. 밖은 위험하니 너흰 돌아다니지 말고 이곳에 대기해 있거라."

그는 유월이가 되돌아오기 전에 서둘러 자리를 떴다.

암동에서 이십 장 뒤편 숲 속.

그는 주변을 잠시 살펴보곤 밤하늘로 손을 들었다.

유월이 날아와 그의 손등 위에 앉았다.

그는 전서를 펼쳐봤다.

사연 님.

놀라지 마세요.

나 지금 용마총 앞에 있어요.

내일 아침 용문으로 들어갈 계획인데 이곳에 와 있다는 사실 하나만으로 가슴이 막 두근대고 있어요.

이상해요.

당신이 그곳에 있다고 생각했기 때문일까요?

용마총 안에서 누군가가 계속 나를 부르고 있는 것 같아요. 설마 진짜로 그곳에서 당신을 만나게 되는 것은 아니겠죠?

최근, 당신과 나의 활동 공간은 십오 년이란 세월의 격차를 두고 계속 겹치고 있어요. 장안의 이화주점에서는 같은 좌석에 앉아 편지를 주고받으며 술을 마시기까지 했죠. 나는 용마총 안에서도 당신을 가까이에서 느껴볼 기회가 있기를 진실로 바랍니다.

혈지주 사건이 당신의 과거사와 관련되었듯 어쩌면 당신의 흔적을 찾아가는 일은 내게 운명과도 같은 것일지 몰라요.

당신의 과거에 접근할수록 당신에 대해 안 좋은 말이 들려오지만 난 이제 내 눈과 귀로 보고 들은 것이 아니라면 믿지 않아요. 나를 남겨두고는 죽지 않는다고 당신이 내게 말했지요. 내가 꼭 찾아낼 테니 당신도 우리가 만날 그 날까지 그 마음 약해지시면 절대 안 돼요.

사연 님.

별빛과 달빛이 찬란히 어우러진 용마총의 밤이에요.

당신이란 사람이 몹시도 그리워지는 이 밤.

당신이 내게 친했던 자객연가를 읊어보며 글을 접습니다.

월광 속의 칼은 사내가 숨긴 것이고,

술잔 속의 눈물은 여인이 몰래 흘린 것이라네.

칼이 월광에 숨겨진 뜻도 알고 눈물이 술잔에 담긴 의미도 모르지 않지만,

새벽이 되면 사내는 칼을 꺼내 길을 떠나고

여인은 애달픈 심정으로 혼자 술잔을 든다네.

한 번 떠나면 돌아옴을 기약할 수 없는 길.

자객의 길은 진정 애달픈 연심만큼이나 고달프다네.

추신.

좋은 사람들과 관광 목적으로 용마총에 들어가는 것이니 저의

안전에 대해서는 걱정하지 않아도 돼요.

"관광이 목적이라고?"

전서를 읽어 본 그는 씁쓸한 미소를 머금었다.

이추수는 지금 자신의 목숨을 걸고 용문으로 들어간다. 한
데도 과거의 그에게 걱정을 끼치지 않고자 관광을 간다고 전
하고 있다.

돌이켜 보면 그와 그녀는 사건의 실체를 숨기거나 모호하
게 적은 내용으로 전서를 주고받았다.

그래서 그는 그녀에게 무슨 일이 벌어지고 있는지 잘 몰랐
다.

만약 그녀가 자신이 처한 현실을 선명하게 적어 보냈다면
과거의 그는 미래의 역사에 문제가 생기더라도 그녀의 삶에
개입하고 말았을 것이다.

"개입했으면 과연 역사가 더 좋아졌을까?"

그는 달라졌을지도 모르는 역사에 대해 어떤 판단도 할 수 없었다.

최상일 수 있겠지만 반대로 최악의 사태로 진행될 수도 있었다.

분명한 것은 아귀굴에서 보낸 그의 삶이 결정된 이 시점에 와서 과거의 사건 진행을 인위적으로 바꿀 수 없다는 점이었다.

그는 필기구를 꺼냈다. 그의 기억 속에 없던 전서이다. 시공 연동을 깨지 않는 한도에서 짧게 내용을 적어 보내면 된다.

추수 님.

용마총에 왔다고요?

그렇다면 우린 정말 보통 인연이 아닌 것 같습니다.

내가 지금 그곳에 있으니 우린 또 같은 공간에 머무르게 되니 말입니다.

무엇을 할까요?

기념으로 용의 뼈라도 하나 훔쳐 당신에게 선물로 남겨둘까요?

그도 아니면 당신이 용마총에 들어올 때까지 세상만사를 다 잊고 그냥 이곳에서 숨어 지낼까요?

하하 농이에요.

시간대는 다르지만 당신과 같은 공간에 머물고 있다는 사실만으로 나는 지금 충분히 만족합니다. 미래에는 아마도 시간까지 같이 공유하는 날을 맞이하게 될 겁니다.

추수 님.

나의 흔적을 찾는 당신의 그 마음 잘 알고 있습니다.

다만 너무 가슴 아프게는 찾지 마세요.

당신이 힘들어하기 전에,

내가 먼저 당신에게 돌아갈 테니 말이에요.

답장을 보낸 다음 착잡한 심정에 주변을 한 바퀴 돌아보고 용문 암동으로 향했다.

서로의 거리가 가까웠던 터라 유월이는 이미 한참 전에 도착해 있었다.

'어?'

이추수에게 다가가던 그는 문득 인상을 찌푸렸다.

푸드덕! 푸드덕!

이추수가 유월이를 밤하늘로 날려 보내고 있었다.

답장이 매달려 있음은 물론이다.

'미치겠군.'

그는 이추수가 쳐다보기 전에 빠르게 돌아섰다.

백리정이 그의 이런 심정도 모르고 소리쳤다.

"혈마 어르신, 이번엔 또 어디로 가시는 겁니까?"

"내가 어딜 가든 네놈이 왜 상관이야!"

그는 짜증을 토하곤 전방의 어둠 속으로 뛰어들었다.

그러고 보면 연인과 가까이 있다는 것이 꼭 즐거운 일만은
아니다.

*   *   *

일출의 빛.

아침 햇살이 용문 암동의 붉은 벽면에 스며든다.

그는 은빛을 발산하는 벽면의 열쇠 구멍에 손바닥을 붙이
고 태원신공을 일으켰다.

예전에는 암동의 열쇠가 있었기에 문을 쉽게 열고 들어갔
지만 지금은 유연설도 없고 열쇠도 없기에 문을 파괴할 수밖
에 없었다.

쾅, 드르릉!

암동이 갈라졌다. 개폐 장치가 파괴되었으니 다시 닫힐 일
은 없다.

"들어가자."

그가 암동 안으로 먼저 들어섰다.

이추수와 백리정도 그의 뒤를 따랐다.

암동 안에는 수십 개의 암굴이 형성되어 있었다. 그는 머뭇거림 없이 구석에서 두 번째 암굴로 들어갔다.

그렇게 삼십 장을 전진하자 암굴의 끝, 빛이 보였다.

"아!"

암굴을 나온 이추수와 백리정이 탄성을 토했다.

광장 같은 거대 공간이 눈앞에 나타났으니 이런 반응이 나오는 것도 무리는 아니었다.

이때 그는 그들과 다른 의미로 아쉬움의 탄성을 흘려냈다.

예전에 이곳에 들어왔을 때는 암반을 깎아 만든 석교와 석상, 석조 건물이 인공 도시처럼 배치되어 있었다.

고대 구룡인들이 남긴 석조 문명이었는데 지금은 아쉽게도 모든 구조물이 파괴되어 석조 건물의 뼈대만 간신히 남아 있었다.

"흐음."

이렇게 변한 이유를 모르지는 않았다.

화룡의 비상과 화룡도의 출현으로 인해 용마총의 상단 암반과 외곽 암벽이 몽땅 무너져 버린 것이다.

"선배님 우린 이제 어디로 가죠?"

이추수의 물음이 그의 감상을 깨워냈다.

그는 용문삼전의 입구를 살펴봤다. 삼전의 문설주로 이어져 있던 석교는 현재 전부 파괴되어 있었다.

"우린 용성전으로 들어가서 용비광장을 지나 와룡대(臥龍臺)로 간다."

낯선 지명인 탓에 이추수로서는 당연히 어디가 어디인지 모른다. 그나마 알 수 있는 건 최종 목적지가 와룡대라는 것이다.

"와룡대에 가면 무엇이 있지요?"

그는 고개를 저었다.

답변하기가 곤란했다.

십오 년의 세월이 지났다. 그곳에 무엇이 남아 있는지는 그로서도 알 수 없었다.

그녀가 질문의 방향을 돌렸다.

"와룡대에서 무슨 일이 벌어진 거죠?"

이 질문에는 답할 수 있다.

화룡이 죽고 화룡도가 소멸된 곳. 헤어짐이 있고 아픈 죽음이 있던 곳.

그녀를 만나고 그의 운명이 바뀐 곳. 그러나 그는 이번에도 아무런 대답을 하지 못했다.

"그 사람, 아비객도 그날 그곳에 있었나요?"

이 물음에서 그녀의 음성은 가늘게 떨렸다.

그는 그녀를 돌아봤다. 어떤 심정으로 이런 물음을 한 것인지 모르지 않는다.

"그가 어떻게 되었는지 알고 싶으냐?"

"……."

그녀는 잠깐 고민하다고 고개를 저었다.

"아뇨. 내가 그곳에 당도하기 전에는 알려주지 마세요. 난 내 눈으로 본 것만 믿을 거예요. 그 사람과 그렇게 하기로 약속했거든요."

그녀의 눈에 눈물이 고인다.

그가 판단하기로 그녀도 내면으로는 그의 죽음을 인식하고 있다.

그가 전서로 아무리 그의 죽음을 믿지 말라고 해도 그녀가 바보가 아닌 이상, 주변인들의 증언을 모른 척할 수 없다.

그는 괴로워하고 실의에 빠지기보다 의연하게 대처하고 있는 그녀의 모습이 흐뭇하게 다가왔다.

"잘하고 있다. 앞으로도 그렇게 대처해라. 마음이 죽으면 몸도 죽는다. 네가 마음을 굳건히 지킨다면 좋은 결과도 뒤따르게 될 것이다."

그는 모호하게 말하곤 광장으로 내려갔다.

용성전으로 향하는 길은 암반 잔해로 거의 다 막혀 있었다.

작은 높이의 암반은 뛰어넘고 가벼운 암반은 장력으로 부수면서 전진했다.

그리고 크기가 제법 되는 석조 구조물은 백리정으로 하여금 힘으로 밀어내게 했다.

"쳇, 누군 공주고, 누군 머슴입니까."

길을 뚫는 행위에서 이추수를 계속 열외로 두자 백리정이 불만을 투덜댔다.

"공짜가 어디에 있어. 닥치고 일이나 해."

그는 당연하게 말하며 백리정이 밀어낸 석조 구조물을 지나갔다.

이추수도 어깨를 으쓱하고 지나갔다. 언제부터인가 이추수는 그의 옆에 바짝 달라붙어 같이 걸었다.

백리정의 눈으로 보자면 아버지와 딸, 아니, 한 쌍의 연인 같은 모습이다.

용성전 문설주에 거의 다다른 시점에서 난관이 하나 생겼다.

용성전 문설주로 통하는 다리가 끊겨 있었다. 끊긴 거리는 대략 십오 장, 다리 아래로는 오십 장 깊이의 아찔한 바닥이다.

그녀가 말했다.

"어떡하죠? 내 능력으로는 뛰어넘을 수 없어요."

경공에 자신 없기는 백리정도 예외가 아니다.

"맞아요. 이대로는 안 되겠어요. 다리 외곽으로 돌아서 건너가지요."

백리정의 말이 끝나자마자 그는 이추수의 허리를 오른손으로 감아 잡았다.

"걱정 말고 그냥 내게 맡겨라."

팟!

그의 왼손에서 은색의 실선이 암벽 상단으로 날아갔다.

아비육보, 지주망기의 천잠사이다.

지금은 모르지만 나중엔 그녀도 이것에 대해 알게 될 터다.

"하!"

그는 천잠사를 잡고 가볍게 다리를 박찼다.

허공을 지나가는 중에 이추수가 묘한 눈으로 그를 올려다봤다.

방립 아래로 보이는 옆얼굴. 왠지 모르게 이 얼굴이 친숙하게 느껴진다.

용성전 문설주 앞에 착지했다.

그녀는 아직도 묘한 눈길로 그를 바라봤다. 그는 그녀의 허리를 잡은 손을 놓고 한 걸음 옆으로 물러섰다.

"미안하구나. 다음부터는 네 허락을 받고 신체를 접촉하마."

그의 말에 그녀가 생글 웃었다.

"아뇨, 괜찮아요. 기분이 나쁘지 않았으니 앞으로도 그렇게 절 편히 대해주세요. 참, 실례가 안 된다면 선배님은 올해 연세가 어떻게 되세요? 삼십 년 전부터 활동했으니 최소 예순은 넘었으리라 추정되는데 그렇게 보기엔 선배님이 너무 젊어 보여요. 무공 때문에 젊음을 유지하고 계신 건가요?"

그는 답변을 바로 못했다.

잘못 대답하면 정체를 의심받을 수 있었다.

다행이라면 이 순간 백리정의 음성이 들려왔다는 것이다.

"선배님! 저도 건너가게 해주세요!"

그는 백리정을 돌아보며 안도의 숨을 내쉬었다. 보리까락도 쓸모가 있다고 하더니 도움이 되는 구석도 있다.

물론 그렇다고 백리정을 안고 올 생각은 추호도 없다.

그는 백리정이 서 있는 다리 앞에 지주망기를 쏘고는 말했다.

"넌, 그걸 잡고 건너와."

"씨!"

백리정이 인상을 구겼다. 진짜로 머슴이 된 기분일 터다

그는 백리정이 줄을 타기 시작할 때 뒤돌아 그녀를 쳐다봤다.

질문에 답을 해줄 차례이다.

"너무 오래 살아서 나도 내 나이를 잘 모르겠다. 그런데 그

건 왜 궁금하냐?"

"아뇨. 그냥요."

그녀의 물음을 비켜갔다.

한편으로 그녀를 이렇게 옆에 두고도 신분을 밝힐 수 없는 현실이 씁쓸하기만 하다.

용성전 문설주 안으로 들어서자 지하로 내려가는 돌계단이 보였다.

그는 계단 앞에서 일단 대기했다. 잠시 후 백리정이 헉헉대며 뛰어왔다.

그는 눈짓으로 계단을 내려가라고 전했다. 백리정이 앞서고 그다음으로 이추수가 따라갔다.

중간 지점까지 내려왔을 때 그는 다급히 소리쳤다.

"뛰어!"

그의 말에 백리정과 이추수가 영문도 모르고 계단을 뛰어 내려갔다.

계단은 아래로 내려갈수록 좌우로 방향을 이리저리 틀었다.

그렇게 이십 장을 더 달려 내려가자 갑자기 계단이 단면으로 쭉 뻗은 내리막길로 변했다.

"어머!"

"미, 미쳐!"

바닥까지는 거의 삼십 장.

백리정이 지하 바닥에 먼저 처박혔다.

곧이어서 이추수가 바닥에 다다를 때 그는 이추수의 허리를 감아 잡고 몸을 비틀어 바닥에 가볍게 착지했다.

백리정이 그 모습을 보고는 벌떡 일어섰다.

"아니, 선배님은 왜 나만 미워하십니까? 대체 선배님께 내가 무슨 잘못을 했다고 매번 이렇게 골탕을 먹이시는 겁니까."

그녀가 쿡쿡댔다.

불만에 찬 백리정의 모습.

강호에서는 절대 이런 모습을 볼 수가 없다.

"억울해하지 마. 이건 용성전의 통과 의례야. 나도 예전에 그렇게 들어왔어."

그는 솔직하게 답했다.

이추수와 가까이 지낸 백리정이 얄미워서 그런 것은 아니다.

용성전으로 들어오고 보니 척룡조와 같이 활동했던 그때의 기억이 문득문득 떠오르고 있었다.

"한데 용의 신전이라는 용성전이 왜 이 모양이에요?"

이추수의 물음이 들려왔다.

그는 그녀의 시선 방향으로 눈을 돌렸다.

물음의 심정이 충분히 이해가 된다. 용성전은 재로 덮인 대지 외에 아무것도 남아 있지 않았다.

사막 같은 모습. 화룡의 용화염에 용성전의 모든 구조물이 불타버린 것이다.

용화염을 토하던 화룡의 모습이 떠오른다.

"으음."

그는 신음을 흘려냈다.

세월이 아무리 많이 지나갔어도 그 장면은 그의 뇌리에 낙인처럼 남아 있다. 앞으로도 그의 숨이 붙어 있는 한 계속 따라붙을 것이다.

"예전엔 용성전이 어떠했나요? 아름다웠나요?"

이추수가 사막 같은 용성전 대지를 걸으며 물었다.

"물론이다. 그땐 눈이 부실만큼 찬란하고 웅장했다. 대지까지도 금은보화로 뒤덮여 있었을 정도였지."

그는 화룡의 기억을 떨쳐내고 그녀를 뒤따라갔다.

그녀의 걸음이 용성전 중앙에서 잠시 멈췄다.

붉은 웅덩이가 그녀의 발 앞에 있었다. 놀랍게도 용성전의 용혈이 아직 원형을 보존하고 있었다.

"이건 뭐예요?"

"용혈."

"용혈? 그게 뭐죠?"

"용의 피. 전신 목욕을 하면 백 살까진 무병장수하지."

그의 말에 백리정이 눈을 번쩍 떴다.

"정말입니까? 혹시 내공도 강해집니까?"

"송태원과 즙포왕을 보면 몰라? 그들이 척룡조로 활동할 때는 이류에 불과했어. 여길 거쳐 갔기에 오늘날 같은 고수가 된 거야."

투루루룩!

그의 말이 끝나자마자 백리정이 옷을 훌훌 벗어던졌다.

그는 실소를 머금었다.

오랜 세월 관리하지 않았기에 용혈의 약효가 제대로 남아 있을 리 없다.

그나마 약발을 받으려면 유연설의 금침대법을 같이 시전 받아야 한다.

그는 백리정에 이어 이추수를 쳐다봤다.

이추수는 고민하는 모습을 잠깐 보이다가 고개를 저었다.

더러운 부유물을 떠나서 악취가 너무 심해 들어갈 엄두가 나지 않는다.

"현명한 생각이다. 자고로 영약에 매달리는 놈치고 제대로 된 고수 없다."

그는 충고의 말을 전하고는 백리정에게 눈을 돌렸다.

백리정은 용혈에 뛰어들기 직전이다.

"응?"

그의 눈매가 매섭게 좁혀졌다.

백리정의 모습 때문이 아니다.

용혈.

그곳에서 기포가 일고 있다.

'왜?'

의문과 판단, 대처는 거의 동시이다.

"백리정, 물러서!"

8장

용문침투(龍門浸透)

　그는 경고의 음성과 함께 백리정의 어깨를 왼손으로 잡아
끌고 그 앞을 막아섰다.

　츄아아아아!

　용혈 속에서 두 명의 무인이 검을 찌르며 뛰쳐나왔다.

　용혈에 젖은 의복은 백의.

　풍산호에서 싸워본 바로 그 백의검사들이다.

　파앙!

　"크윽!"

　둔탁한 타격음 속에서 검사들이 용혈로 나가떨어졌다.

태원벽력기의 반탄력에 타격된 것이다.

후속 공격도 바로 뒤따른다.

그는 지체없이 용혈 속으로 뛰어들었다.

용혈이 파도처럼 출렁였고 잠시 후, 그가 시체 둘을 용혈 밖으로 내던졌다.

그는 용혈 위로 상체만 드러내고 물었다.

"그놈들이 누구인지 아느냐?"

"아, 그건."

그의 물음에 백리정이 멈칫했다.

물음의 답은 둘째 문제다.

방립 아래로 용혈이 뚝뚝 떨어지는 그의 모습. 꿈에 볼까 두려운 살벌한 모습이다.

이추수는 그나마 평정심을 유지했다.

"반맹의 무인들로 여겨지는데 용혈 때문에 눈으로 보아서는 소속을 알 수 없습니다. 옷을 벗겨 몸을 살펴볼까요?"

"아니, 그럴 필요 없다."

대답이 묘하다.

이추수가 고개를 들어 그를 쳐다봤다.

그는 눈을 번뜩였다.

"움직이지 마라."

그의 시선이 향한 곳은 그녀의 뒤편 대지이다.

용성전의 잿빛 대지 아래에서 백의무인들이 불쑥불쑥 일어나고 있다.

눈으로 대충 헤아려 봐도 오십 명이 훨씬 더 되는 인원이다.

"아! 이제 이들이 누구인지 알겠어요."

그녀가 긴장된 음색으로 말했다. 움직이지 말라고 했기에 그녀는 고개를 뒤로 돌리지 않았다.

이는 다시 말해 그녀의 전방, 그의 뒤편에도 백의무인들이 출현했다는 뜻이다.

그가 물었다.

"그래, 이놈들이 누구지?"

"백화루의 검사들이에요."

"백화루?"

"망월루와 더불어 강호 이대 청부조직으로 불리는 단체예요. 백화루는 청부집단답지 않게 조직원을 부름에 검사라는 호칭을 사용해요."

"검사? 하!"

그는 코웃음 쳤다.

청부단체라면 살수이지 무슨 검사인가.

그의 냉소적인 반응에 그녀가 추가 설명을 했다.

"백화루는 망월루보다 전력이 약하지만, 소수 정예로서 조직력만큼은 망월루보다 더 강해요. 그리고 정보에 의하면 백화루주 백검상인 한상은 사존이나 오왕에 못지않은 절정고수라고 해요."

백화루가 검사의 명칭을 고집하는 이유를 그는 알 것 같았다. 이들은 매불립을 끝까지 지지했던 동심검대의 생존자들이었다.

강호 활동을 대놓고 하지 못하지만 정파 무인의 자존심이 남아 있어 검사라고 부르고 있는 것이다.

적들이 가까이 접근한 상태다.

그는 그녀의 눈을 응시하며 전음을 날렸다.

[지금 나의 등 뒤에 백화루의 살수가 얼마만큼 있느냐?]

[오십 명은 훨씬 더 되요.]

[특별히 요주의 할 무인도 있느냐?]

[그건 아직 잘 모르겠어요.]

앞뒤로 오십 명, 주변에 숨은 놈들까지 고려하면 백 명도 훨씬 더 되는 병력이다.

놈들의 무력은 풍산호에서 싸워보았기에 대충 파악하고 있다.

칼질이 예사롭지 않은 놈들이지만 대적에는 큰 문제가 없다.

백 명이 아니라 일천 명이 몰려온다고 해도 그를 해치지 못

한다.

그는 이추수에게 보내는 전음을 잠시 중단하고 전방을 응시했다.

백발의 검사가 백화루 전열 앞으로 걸어 나오고 있었다.

백화루주 한상이다.

"풍산호에서 맹인 흉내를 내던 바로 그놈이군."

그의 말에 한상이 흰자위를 번뜩거렸다.

풍산호에서 백 명에 가까운 검사를 잃었다. 복수심에 가슴이 들끓지 않으면 무인도 아니다.

"이놈! 여길 어떻게 들어왔는지 모르겠지만, 내 오늘 네놈의 사지를 찢어 죽여 우리 아이들의 원혼을 달래주겠다."

그는 조소를 머금었다.

"누가 나를 죽여? 풍산호에서 개새끼처럼 도망가던 네놈이?"

한상의 눈가가 붉어졌다.

용문객잔에서 전륜왕을 단발에 처단한 위험한 존재이다. 무턱대고 상대해선 안 된다.

한상이 좌우측을 돌아보며 손짓했다. 용성전 외곽에서 새로운 무인들이 출현했다. 용문객잔의 사건은 바로 이들의 입을 통해서 알려졌다.

"전륜왕의 피가 아직 마르지 않았거늘 네놈이 여기가 어디라고 감히 들어오느냐."

"복수를 이리도 빨리 할 수 있으니 우리로선 고마운 일이겠지."

좌측과 우측의 무인 대열에서 황의인과 면사인, 수로왕 남해종과 표국왕 막원순이 걸어 나왔다.

그는 그들을 돌아보는 과정에서 이추수에게 은밀히 전음을 보냈다.

[저놈들을 뒤따르는 무인들은 누구이지? 백화루 살수는 아닌 것 같은데……]

[수로왕과 표국왕의 최측근인 수로군단 지역단주들과 중원표국의 국주들이에요. 그들 모두가 칠년전쟁에 참전했던 일급 무인들이죠.]

전음을 전하는 그녀의 얼굴에 불안감이 드리워져 있었다.

백화루 백 명, 수로군단 오십 명, 중원표국 오십 명.

평상시에는 이렇게 모이기가 힘든 일류 무인들의 조합이었다.

그녀가 불안한 심정에 처한 것도 무리는 아니었다.

[긴장하지 말고 내 지시에 따라라. 네게는 아무 일도 벌어지지 않는다. 알겠느냐?]

[네]

그녀를 안심시킨 그는 남해종과 막원순을 한 번씩 돌아봤다.

"한심한 놈들이군. 불쌍해서 살려주었더니 죽을 자리에 또 나타나고 있어."

"한심?"

"불쌍?"

남해종과 막원순이 어이가 없다는 표정을 지어냈다.

용문객잔 상황과는 조건이 다르다.

그때는 막힌 공간에서 벌인 단발 싸움이지만 지금은 활동이 자유로운 넓은 공간에서 수를 앞세운 집단 전투이다.

그들의 생각으로는 목숨이 두 개라도 방립인은 살아남지 못한다.

"미친놈이군."

"미친 게 아니면 상황 파악을 못 하는 멍청이겠지."

눈에 보이는 것이 전부가 아니다.

남해종과 막원순의 대화 속에는 두려움의 감정이 담겨 있다.

그것을 감지한 그는 차갑게 미소 지으며 한상에게 시선을 돌렸다.

"이봐, 가짜 맹인. 당신도 그렇게 생각해? 내가 정말 미친 것 같아?

말과 전음은 거의 동시에 전해진다.

[내가 오른손을 들면 즉시 용혈 속으로 뛰어들어라.]

"으으."

한상이 입술을 악물었다.

제아무리 고수라도 지금 상황에선 꼬리를 내려야 하건만 도리어 상대편을 압박하고 조롱하고 있다.

더욱 열 받는 것은 그 압박과 조롱이 통하고 있다는 거다.

"미친놈인지 아닌지는 확인해 보면 되겠지."

한상이 칼을 뽑아 들었다. 공격 신호다.

백화루의 검사들이 고함을 지르며 앞뒤에서 몰려들었다.

남해종과 막원순도 수로군단과 중원표국의 무인들을 이끌고 용혈로 달려왔다.

[지금이야! 어서 들어와!]

그가 오른손을 들었다.

이추수와 백리정이 용혈로 뛰어들었다. 무인들이 십 보 앞까지 다다른 상태다.

검기와 도기가 용혈로 집중된다. 이백 명 이상의 육단 공격. 피할 공간도 없고 피해서도 안 된다.

팟!

빛의 집체!

광원 같은 금빛이 그의 오른손에서 찬란히 발산된다.

"어?"

"아!"

달려들던 무인들이 주춤거렸다.

그들이 날렸던 검기와 도기가 금빛 광원 속으로 빨려 들어가고 있다.

그뿐만이 아니다.

바람개비처럼 회전하는 금빛 광원!

광원에 휘말려 무섭게 회오리치는 검기와 도기!

쾅!

츄츄츄츄츄!

광원이 폭발하며 검기와 도기가 광선검과 광선도로 변해 사방으로 빗살처럼 날아갔다.

경지에 이른 초일광의 발휘.

결과는 끔찍하다.

너무 끔찍해서 장내는 숨소리마저 얼어붙는다.

"푸아!"

정적을 깨는 음성.

용혈 위로 백리정이 고개를 내밀었다.

"아!"

백리정이 현장을 둘러보곤 아연한 얼굴로 변했다.

시산혈해.

용혈로 달려들었던 무인들 대다수가 잘린 시체가 되어 있다.

이 사태를 불신하는 이들도 있다.

"이게 대체!"

"말, 말도 안 돼!"

한상과 남해종이 바닥에 쓰러진 채로 그를 멍히 쳐다봤다. 둘 다 중상이었다.

한상은 두 다리가 잘렸고, 남해종은 가슴에 구멍이 뚫려 있었다.

용혈 밖으로 그가 걸어 나갔다.

"우우!"

대지에 쓰러져 있던 무인들 중 그나마 움직임이 가능한 이들은 모두 일어나 뒷걸음질 쳤다.

다시 싸우는 것은 엄두도 내지 못한다.

반맹의 최정예 무인들이 아무것도 못 해보고 일 초식에 살상됐다.

그들의 수장인 정존과 마존도 이러한 무력은 발휘할 수 없다.

용혈 밖으로 나온 그는 한상을 향해 뚜벅뚜벅 걸어갔다.

막원순이 남해종을 부축해서 사정거리 밖으로 옮기고 있지만 그들은 그냥 떠나게 내버려 두었다.

한상이 떨린 눈길로 물었다.

"넌, 넌 대체 누구냐?"

"혈마."

"개소리! 혈마는 살인마이지 너와 같은 무력을 소유하고 있지 않아!"

"그래서 혈마가 아니라면 달라지는 게 있는가?"

이것저것 묻고 답할 한가로운 상황이 아니다.

그는 한상의 얼굴에 발을 올리고 말했다.

"마지막으로 남길 말은?"

반맹은 그의 존재에 대해서 어떤 정보도 없다. 그는 마치 하늘에서 뚝 떨어진 것처럼 갑자기 무림에 출현해서 반맹의 일을 망치고 있다.

한상이 물었다.

"우리와 맞서는 이유가 대체 뭐지?"

이 물음을 기다렸다.

그는 한상의 얼굴에 올린 발에 힘을 실었다.

"한 냥짜리 청부 완수."

으드득.

한상의 얼굴이 수박처럼 터졌다.

백화루주의 명성 치고는 참으로 허망한 죽음이다.

생존자들이 도망간 지금, 현장에는 사체만 남아 있다.

그는 용혈을 등 돌린 자세에서 말했다.

"이제 나와도 된다."

"저, 저."

백리정이 떠듬댔다.

이추수의 음성은 아직 들려오지 않았다.

"뭐야?"

그는 가슴이 철렁하는 심정으로 뒤돌아섰다.

이추수가 용혈에 둥둥 떠 있었다. 백리정은 그 옆에서 어쩔 줄을 모르고 있었다.

그는 용혈로 뛰어들어 이추수의 몸을 안았다.

"어떻게 된 거냐?"

"그게, 저도 잘 모르겠습니다. 용혈에 잠겼다가 나오니 이렇게 되었습니다."

그는 이추수를 용혈 밖으로 데리고 나와 신체를 살펴봤다. 외상이 없으니 적들의 공격에 당한 것은 아니었다.

단순 기절인가?

그는 그녀의 뺨을 툭툭 건드렸다.

깨어나지 않았다. 용혈로 얼룩진 그녀의 얼굴을 손으로 닦아내 본다.

백지장 같은 안색. 상태가 심상치 않다.

그는 그녀의 명문혈에 장심을 붙이고 태원진기를 주입했다.

"흡!"

진기 주입과 동시에 그의 손바닥이 튕겼다.

벌겋게 달아오른 손바닥.

그녀의 기혈이 이 순간 펄펄 끓고 있다.

원인은 모르지만 이대로 두면 안 된다.

기혈에 들끓는 화기를 식혀주지 않으면 내장이 타버릴지도 모른다.

그는 그녀의 명문혈에 다시 장심을 붙였다.

이번에 주입하는 것은 능광진기다.

화기가 능광진기를 태우고 있지만 그는 진기 주입을 멈추지 않는다.

곧 위험 수준에 다다른다.

그녀의 육체에서 김이 무럭무럭 일어난다. 강렬한 화력. 그는 이를 악물고 버텼다.

여기서 진기 주입을 멈추면 그녀의 몸이 재가 되어버릴 것만 같았다.

"으음!"

그는 명문혈의 진기 주입을 잠시 중단하고 그녀의 백회혈에 장심을 붙였다.

그리고 능광진기를 전력으로 일으켜 그녀의 몸에 침투시켰다.

펍!

둘의 몸이 은빛의 서기로 휘감김과 동시에 그는 피를 토하며 그녀의 몸에서 떨어져 나왔다.

그는 자신의 몸보다 먼저 이추수의 상태를 살펴봤다.

그녀는 화기 발산을 멈추고 멍히 앉아 있었다.

그는 안도의 한숨을 내쉬었다.

그때였다.

동공이 사라진 눈.

그녀가 백안의 눈으로 그를 쳐다보며 말했다.

"나, 아저씨 알아요. 사연 아저씨 맞죠?"

"……."

"왜 이제 왔어요? 아저씨가 날 버리고 간 다음, 내가 얼마나 무서웠는지 알아요?"

그는 숨이 턱 막혔다.

십오 년의 세월이 흘렀다. 이 말을 여기서 듣게 되리라고는 진정 예상하지 못했다.

그는 떨린 눈으로 답했다.

"미안하다 추수야. 아저씬 그때 너에게 돌아갈 수가 없었
단다."

"미워. 약속했잖아. 날 꼭 데리러 온다고··· 온다고······."

이추수가 말을 잇지 못하고 바닥에 쓰러졌다.

그는 이추수에게 다가가 그녀의 몸을 안았다.

화기는 식혀졌지만 이게 끝이 아님을 직감할 수 있었다. 그
는 그녀의 몸을 안은 자세에서 생각해 봤다.

갑작스러운 화기 발산.

원인은 용혈이다.

용혈이 신체에 스며들자마자 이와 같은 현상이 벌어진 것
이다.

이것은 무엇을 의미하는 건가.

확인해 보면 된다.

그는 이추수의 등을 돌려 상의를 벗겨냈다.

매끄러운 살결의 등.

어깨에서부터 허리까지 한 송이 난화가 문신처럼 길게 물
들어 있다.

완전히 개화된 것은 아니다.

꽃은 지금 이 순간에도 자라고 있다.

"아!"

그는 참담함을 넘어서서 허탈한 심정에 빠졌다.

"용란! 추수가 진짜 용란이었다니……."

늘 그랬듯 계획대로 진행되는 것은 없었다.

암울한 삶을 끝내고자 용마총에 들어왔건만 운명의 신은
이번에도 그를 막다른 길로 몰아넣고 있었다.

*　　　*　　　*

태화 팔 년 십이월 삼 일 술시, 용문 암동.

즙포왕과 조광생은 용적암 동아줄을 타고 용문 암동으로
내려왔다.

용적암과 암동은 잇는 동아줄은 칠년전쟁 이후에 다시 연
결되었다.

무림 맹주에 오른 송태원이 그날의 공적을 기념하고자 벼
랑길을 보수하고 천 길 동아줄을 복구시킨 것이다.

용문 암동은 현재 열려진 상태로 있었다.

정확히는 누군가가 개폐 장치를 파괴해 암동의 문을 열어
두었다.

조광생이 물었다.

"우리 말고 또 누가 이곳에 대해 알고 있습니까?"

즙포왕은 대상자를 어렵지 않게 추정했다.

"혈마가 이곳으로 들어간 것 같습니다."

혈마의 용마총 잠입은 이미 예상한 상태다. 즙포왕을 곤혹스럽게 하는 점은 혈마가 이추수를 데리고 용마총에 들어갔다는 것이다.

충무검대 진영으로 뛰어들어 이추수를 구해낸 혈마였다. 그런 혈마가 의문스럽게도 이추수를 다시 사지나 다름없는 용마총으로 데리고 가버렸다.

'관심 그 이상의 목적이 혈마에게 있었다는 건가?'

혈마의 의도를 생각하자니 즙포왕은 머리가 지끈 아팠다.

그동안 혈마가 벌인 일은 처음부터 끝까지 의문투성이였다.

조광생이 즙포왕의 어깨를 툭 쳤다.

"자, 우리도 들어가 봅시다. 벼랑길 등반에 이어 무덤 탐색이라⋯ 나는 이번 상황이 점점 더 흥미로워지고 있소이다."

조광생의 말에 즙포왕은 골치 아픈 의문을 털어내고 암동으로 들어섰다. 지금으로선 이추수가 인질이 되지 않기를 기대할 뿐이다.

예전에 다녀간 길이다. 즙포왕은 암동 구석의 두 번째 암굴로 들어가서 광장까지 익숙하게 길을 열었다.

"응?"

암굴을 나온 줍포왕은 의외의 장면에 몸을 급히 숨겼다.

조광생도 거의 동시에 줍포왕의 옆자리로 몸을 피했다.

그들이 이런 행동을 보인 것은 광장 안에 의문의 무인들이 가득히 포진해 있었기 때문이다.

조광생이 음성을 낮추어 물었다.

"무림맹의 무인은 아닌 것 같은데 저들이 누구인지 아시겠습니까?"

줍포왕은 광장의 무인들을 관찰해 봤다.

확실히 반맹의 무인도 아니고 신마교의 무인도 아니었다.

이들은 거의 모두가 흑의에 죽립을 착용하고 있었다. 한두 명이라면 강호에서 적잖지 않게 볼 수 있는 복장이지만 오백 명이 넘는 무인이 같은 복장으로 한 장소에 모여 있는 것은 절대로 흔하지 않았다.

줍포왕이 알기로 이런 복장의 무림 단체는 오직 한곳이었다.

"망월루의 무인 같습니다."

"망월루가 왜?"

조광생의 되물음에는 줍포왕도 답을 할 수 없었다. 그로선 망월루가 어떻게 이곳으로 들어올 수 있는지 그것부터 잘 이해되지 않았다.

'혈마와 망월루가 손을 잡았다는 건가?

절망의 평원에 충무검대가 포진해 있었다.

망월루 무인들이 그들의 경계를 뚫고 이곳으로 은밀히 들어오려면 용적암 외줄과 비밀암동을 통한 길, 하나뿐이었다.

이 경우, 혈마의 협조가 없고서는 용적암 벼랑길과 용문 암동을 망월루가 알 수 없었다.

"흠!"

혈마를 생각하며 광장을 돌아보던 즙포왕은 문득 잠복지에서 일어났다.

"갑시다. 가서 직접 물어봅시다."

"응, 구 형?"

조광생이 움찔했다.

이렇게 대놓고 움직이면 망월루 무인들에게 발각되지 않겠는가, 라는 뜻인데 그 이유는 즙포왕의 이어진 말에서 알게 됐다.

"우리가 들어온 것을 이미 알고 있소이다."

조광생의 시선이 즙포왕이 향하는 지점에 맞추어졌다.

망월루 무인 중에서 유일하게 죽립을 착용하지 않은 흑의인.

그 흑의인이 그곳에 서서 즙포왕을 응시하고 있었다.

"망월루주 육산이라……. 하! 이거 상황이 점점 더 재밌게 흘러가는군."

조광생도 곧 일어나 즙포왕을 뒤따랐다.

광장으로 내려간 즙포왕과 조광생은 육산 앞에 멈추어 섰다.

육산은 원거리에서 응시하던 모습 그대로 자리해 있었다.

즙포왕이 먼저 물었다.

"망월루주께선 내게 설명해 주셔야 하겠소이다. 망월루가 어찌 이곳에 있는 것이오?"

"……."

"망월루도 암동으로 들어온 것이오? 암동을 어찌 알았다는 말이오?"

"……."

"대체 목적이 뭐요. 무슨 생각으로 무장 병력을 동원한 거요?"

육산이 침묵으로 일관하자 즙포왕은 어조를 조금 강하게 해서 말했다.

"나는 반맹의 무리를 처단하라는 무림맹주의 특명으로 용마총에 들어왔소. 망월루와 싸울 생각은 없지만 우리의 일을 방해한다면 당신을 체포할 수밖에 없소."

"……!"

체포라는 말에 육산의 주변에 있던 망월루 무인들이 즙포왕을 매섭게 노려봤다.

개인 무력을 떠나서 수적으로 상대가 안 된다. 침묵을 깬 육산의 저지가 아니었다면 발언을 문제 삼아 바로 무력 행동에 나섰을 것이다.

육산이 말했다.

"상황 인식에 문제가 있군. 대포청 포교들로는 용문에 있는 반맹의 무리들을 제압할 수 없다."

말하던 중에 육산의 시선이 암굴의 출구로 잠깐 향했다.

즙포왕을 뒤따라온 대포청 포교들이 암굴 밖으로 하나둘 빠져나오고 있었다.

즙포왕이 반박을 못하고 있자, 조광생이 검갑을 조금 열고 앞으로 나섰다.

"포교들만 있는 것은 아니지. 원한다면 당신은 내가 직접 체포해 주지."

육산이 조광생을 깊은 눈으로 응시했다.

조광생의 표정 변화는 없었다.

절정 검사의 사정권이다.

분위기가 심상치 않다고 판단된 망월루 무인들이 손을 병기로 돌렸다.

육산의 명이 떨어지면 즉시 공격할 태세이다.

발검 직전의 대치 상황에서 육산이 손을 살짝 올렸다.

함부로 행동하지 말라는 뜻.

망월루 무인들이 뒤로 물러서자 육산이 조광생을 응시하던 눈을 즙포왕에게 돌렸다.

"즙포왕은 현 상황을 분명히 알라. 망월루의 작전이 시작된 지금, 당신들의 선택은 두 가지뿐이다. 여기서 우리의 적이 되어 죽겠는가, 아니면 우리의 아군이 되어 반맹과 싸우겠는가."

강압적인 어조이지만 뜻은 확실히 전달됐다.

즙포왕이 말했다.

"반맹을 분쇄하고자 이곳에 왔으니 망월루와 군이 적이 될 필요는 없겠지. 다만 그전에 당신들이 반맹과 싸우려고 하는 이유를 나는 알아야겠소."

"……."

육산은 즙포왕의 질문에 답하지 않고 자신의 주장만 이어나갔다.

"망월루는 용마총 무리들을 한 놈도 살려두지 않는다. 당신이 우리와 뜻을 함께했으니 대포청은 차후에 오늘의 용문 멸살전을 문제 삼지 말라."

"멸살?"

육산의 말은 즙포왕을 내심 당혹케 했다.

씨도 남기지 않는 전투.

이건 거래가 아닌 원한이 바탕에 있는 싸움이다.

망월루는 대체 반맹과 어떤 원한이 있는가? 혈마는 또 어떻게 이 원한에 관여되어 있는가?

뇌리를 맴도는 의문이 하나둘이 아니지만 즙포왕은 일단 눈앞의 사안부터 정리했다.

"알겠소이다. 반맹 집단과 양립할 수 없는 것은 우리도 마찬가지이니 루주께서는 살상전을 꺼려말고 작전을 진행하시오. 참, 그 용문멸살전은 언제 시작되는 것이오? 그리고 전투가 벌어지면 우리는 또 어떤 식으로 지원해 주길 바라시오?"

"전투는 지금. 내부 지원은 사절."

육산이 대답에 이어 오른손을 들었다.

공격 신호다.

망월루 무인들이 일제히 용성전 방향으로 달려갔다.

망월루의 정예만 용문에 침투한 터라 경신술이 하나같이 예사롭지 않다.

그중에는 용성전 문설주 앞의 끊긴 다리를 허공답보의 신법으로 단번에 뛰어넘어 가는 무인도 있다.

아홉 명의 절정 무인, 이른바 망월구객이다.

망월루는 막강한 자금력을 바탕으로 천하의 특급 무림인들과 오랫동안 비밀스러운 계약을 맺어왔다. 망월구객은 그중에서도 망월루가 물심양면에 걸쳐 특별히 지원하고 관리해온 무림인들인데 개개인의 신원은 신분 보호 차원에서 철저히 가려져 있다.

삼 년 전에 하북 최강의 무림 문파 풍도문이 지역의 청부 이권을 두고 망월루와 전면전을 펼친 적이 있었다.

그때 대다수의 무림 논객은 망월루가 풍도문을 진압하기에는 역부족이라고 주장하였다.

풍도문은 칠년전쟁에서 패전했던 사파 무림인들이 의기투합하여 만든 단체.

하북에서는 무림맹도 함부로 제압을 하지 못하는 막강한 전력을 갖추고 있었다.

그런데 전면전이 시작된 열흘 만에 세인들의 예상을 깨고 풍도문이 무조건 항복을 선언했다.

육산이 망월구객을 풍도문 총단에 기습적으로 투입해서 풍도문의 문주를 비롯한 문파의 핵심 무인들을 모조리 죽여버린 것이다.

그 사건 이후로 무림은 망월루의 전력을 청부집단으로서가 아닌 무림맹을 위협하는 무력 단체의 수준으로 격상시켰다.

아울러 무림인들은 망월구객의 정체를 두고서 온갖 추정을 쏟아냈다.

혹자는 이렇게까지 말했다. 망월구객 중에 구대문파의 장문인이 있을지도 모른다고.

망월구객들이 용성전으로 들어간 후에 육산이 즙포왕을 다시 쳐다봤다.

"당신들이 맡아줄 일이 있소."

육산의 부탁.

흔하지 않은 경우이다. 어조도 이전보다 많이 순화되어 있다.

"뭐지요?"

"멸살 작전의 변수는 용마총 내부가 아니라 외부에 있소. 앞으로 최소 두 시진 동안은 충무검대가 용마총으로 진입하지 않도록 해주시오."

육산의 말뜻을 즙포왕은 알아들었다. 망월루가 아무리 강한 전력을 소유하고 있다고 해도 용마총 내부의 적들과 충무검대를 동시에 상대할 수는 없었다.

"알겠소이다. 그건 우리가 처리하겠으니 루주께선 염려 말고 작전을 진행하시오."

육산이 깊은 눈으로 즙포왕을 응시했다.

"나중에 망월루로 초청하겠소이다. 서로 간에 하고픈 이야기는 그때 하기로 합시다."

줍포왕을 마주본 자세에서 육산의 신형이 뒤편으로 쭉 멀어졌다. 뒤로 달리는 주행신법의 발휘.

육산의 모습은 잠깐 사이에 용성전 문설주 안으로 사라졌다.

육산이 떠나고 난 후, 줍포왕은 조광생에게 심정을 물었다.

"장문인께서는 망월루주를 처음 보시지요?"

"네."

"어떻습니까?"

"예전의 나를 보는 것 같군요. 너무 강하면 부러지기 쉽지요."

함축적인 말.

줍포왕이 쉽게 설명하라는 뜻으로 조광생을 흘겨봤다.

조광생은 묘한 미소를 보이며 말을 돌렸다.

"참, 어떤 방식으로 충무검대를 용마총에 들어오지 못하게할 겁니까?"

줍포왕은 답하기에 앞서 포교를 불러 밀지에 무언가를 적어 건네주었다.

"이것을 맹주에게 전하라. 화급을 다투는 일이니 지금 즉시 움직여라."

포교가 떠난 다음 줍포왕은 조광생의 물음에 답했다.

"쌍룡검주라면 뚫지는 못해도 막을 수는 있지 않겠습니까."

"흠."

조광생이 줍포왕을 힐끗 쳐다봤다.

줍포왕은 피식 웃었다.

알듯 모를 듯 함축적인 말.

받은 대로 돌려준다.

9장

용문집결(龍門集結)

　태화 팔 년 십이월 삼 일, 용마총 눈물의 언덕.

　지난밤, 충무검대는 명령 체계를 두고 극심한 혼란을 겪었다.

　충무검대의 수장, 불존 장천사가 무림맹주 송태원의 지휘권 발동을 거부한 것이다.

　장천사는 혈마 탈옥과 혈지주 사건에 맹주가 관여되었다고 주장하며 사건의 진상이 밝혀질 때까지는 송태원의 지휘를 받을 수 없다고 하였다.

　송태원이 장천사의 직속상관이지만 야전에선 상황이 달랐

다. 충무검대의 지휘관들 대다수가 장천사를 굳건하게 지지했다.

송태원이 지휘관들을 상대로 설득도 해보고 강압적인 방법도 사용해 보았지만 소용이 없었다.

항명과 다름없는 이들의 집단 반발에 송태원은 일단 한 걸음 물러섰다.

정도 구파의 무인들은 원래부터 장천사와 밀접한 관계를 맺고 있었다.

또한 무림 대문파의 기득권을 인정해 주지 않는 송태원 자신의 무림 정책에 많은 불만을 제기해 왔다.

따라서 오늘의 반맹 상황을 두고 모종의 결의를 해둔 것이 틀림없었다.

강압적으로 처리할 상황이 아니라고 판단되자, 송태원은 그때부터 충무검대의 진영 안으로 들어가 일반 무인들과 어울리며 밤을 보냈다.

일반 무인들은 구파의 무인들과 다르게 송태원을 대함에 예를 깍듯이 갖추었다.

변변치 않은 출신 성분으로 무림맹주에 오른 송태원은 그들에게 자신들의 꿈을 대신 이루어준 영웅과 같은 존재였다.

무림의 기득권 계층과는 존경심의 깊이부터 다르기에 일반 무인들의 진영 속에 있는 것이 송태원에겐 가장 안전한 장소가 된다고 할 수 있었다.

해가 밝은 후에 송태원은 충무검대의 지휘부에 한 가지 제안을 했다. 야전의 지휘권을 달라고 하지 않는 대신 자신이 직접 용마총으로 들어가 이번 사건을 조사해 보겠다는 제안이었다.

송태원의 이 제안을 충무검대 지휘부는 반대하지 않았다.

송태원은 용마총에 들어가는 것이 목적이고, 충무검대 지휘부는 강호인들이 모르게 송태원을 은밀히 처리하기를 원한다.

서로 간의 계산이 맞아떨어졌기에 일은 바로 진행됐다. 충무검대는 용마총이 인접한 눈물의 언덕으로 진영을 옮겼고, 송태원은 백리문과 함께 용문의 비룡문으로 향했다.

송태원과 충무검대 지휘부 사이에 일이 틀어진 것은 거의 비슷한 시각에 각각 전달받은 한 통의 밀지로 인해서였다.

송태원에게 밀지를 보낸 사람은 즙포왕.

대포청 포교가 전달한 즙포왕의 밀지에는 이런 내용을 적혀 있었다.

현 시각 망월루의 용문멸살전이 시작되었음.

망월루주와 혈마가 거래를 한 것으로 추정.

망월구객도 용마총에 투입되었음.

대포청도 점창지존과 함께 멸살전에 나설 것임.

작전 성공 가능성 칠 할 이상!

따라서 맹주와 검선은 용문멸살전이 진행되는 동안 충무검대의 용마총 진입을 막아 줄 것!

맹주의 도움이 필요할 경우, 전령을 따로 보내겠음.

송태원은 줍포왕의 일처리와 판단을 신뢰했다.

줍포왕이 이런 밀지를 보냈을 때는 그만큼 용문 전투의 승리를 확신했기 때문이었다.

그래서 그는 밀지를 읽어본 후에 계획을 바꾸어 용마총으로 들어가지 않고 비룡문 앞을 막아섰다.

백리문도 밀지를 읽어보았기에 송태원의 옆에서 충무검대를 마주보고 섰다.

"일천 대 이 인이라…… 그러고 보니 우리 예전에도 이런 말도 안 되는 싸움을 해본 적이 있는 것 같군요."

"그땐 천 명이 아니라, 일천육백오십육 명이지요."

지난날을 회고하는 대화 이후 두 사람은 검을 뽑아내고 검갑을 땅에 던졌다. 끝장을 보기 전에는 검갑을 회수하지 않겠다는 뜻이다.

한편, 송태원과 백리문이 용문 입구를 막아서던 그때, 충무검대도 십인대주를 앞세워 비룡문으로 몰려왔다. 공동유검 곽성이 심각한 부상을 입고 후송 조치되었으니 현재는 구인 대주다.

충무일대주 양과가 말했다.

"충무검대의 작전이 바뀌었습니다. 맹주님께서는 용마총으로 들어가지 말고 이곳에서 대기하십시오. 용마총엔 저희가 들어가겠습니다."

송태원은 어림도 없다는 표정으로 말했다.

"작전을 바꾸고 말고는 맹주인 내가 정한다. 나는 충무검대의 용마총 진입을 불허한다. 충무검대는 현 시각 무장을 해제하고 십 리 밖으로 물러나라."

어조는 강하고 눈빛은 드세다. 충무검대 지휘부의 반발을 순순히 받아주던 어젯밤의 그 송태원이 아니다.

이번엔 충무이대주 주강이 말했다.

"그럴 수 없습니다. 충무검대는 진격의 명을 받았으니 맹주님은 어서 길을 비켜주십시오. 길을 비켜주지 않는다면⋯⋯."

"닥쳐라! 내가 무림맹주이거늘 감히 어떤 놈이 나보다 더 상위의 명을 내린단 말이냐!"

송태원이 서릿발 같은 어조로 주강의 말을 잘랐다.

덕장의 성품이지만 그렇다고 성격이 무한정 온유하지는 않다.

악이라고 판단되면 송태원은 무림의 어떤 용사보다도 더 강하게 맞선다.

"다시 명한다. 충무검대는 현 시각 무장을 해제하고 십 리 밖으로 물러나라. 명을 받들지 않는 놈들은 반맹의 죄로 모조리 처단할 것이다."

송태원이 뜻을 확고히 드러내자 충무검대 대주들이 난감한 얼굴로 서로를 돌아봤다. 진격의 명을 받았지만 맹주와 싸우면 반맹의 무리로 완전히 낙인찍히게 됨이니 대주들로선 결단이 쉽지 않다.

대주들의 미적거림에 감색 가사를 걸친 장년인이 충무검대 앞으로 걸어 나왔다.

승복을 입었지만 머리는 깎지 않았다. 소림사 출신의 불존 장천사이다.

"실망스럽소, 맹주. 충무검대는 맹주의 친위부대가 아니오. 맹주의 권한이 무림의 정의보다 더 앞서 있다고 생각하진 마시오."

불존 장천사.

소림사의 전임 장문 공성의 수제자이다. 화룡대란에서 공성이 죽고, 연이어서 칠년전쟁이 발발하자 장천사는 정파무림을 수호해야 한다며 불법 공부를 중단하고 전장에 뛰어들었다.

칠년전쟁에서 쌍룡검주에 못지않은 큰 공을 세웠던 그는 전쟁이 끝난 후에 승인의 몸으로 너무 많이 손에 피를 묻혔다며 소림사로 복귀하지 않고 환속을 표명했다.

소림사로 돌아갔으면 차기 장문인 자리에 올랐을 장천사이다.

소림사는 이에 장천사를 무공도 으뜸, 성품도 으뜸이라고 하여 속세인임에도 불구하고 그에게 소림불존이라는 영광스러운 명호를 선사했다.

현장 최고 책임자인 장천사가 작심하고 맹주와 맞서자 대주들도 갈등을 접고 공격 대형을 갖추었다.

장천사는 충무검대의 수장이기 이전에 구대문파로 대변되는 정파무림의 최고 실세이다.

오늘의 사건에서 큰 문제가 발생하더라도 대주들의 방패막이가 충분히 되어줄 수 있다.

다만 그럼에도 대주들이 아직까지는 칼을 뽑지 못했다. 송태원과 장천사에 못지않은 또 다른 무림의 거목이 이 자리에 있는 것이다.

백리문이 앞으로 나섰다.

"무림 정의? 하! 맹주 자리를 탐내어 소림을 버리고 환속했던 가짜 중은 그런 말을 할 자격이 없도다. 적심(賊心)으로 괜히 정의를 호도하지 말고 어서 칼을 뽑아라. 무인은 칼로 증명한다. 당신이 불존의 성품이 아니란 것을 내가 증명하겠다."

백리문의 검봉에서 검기가 솟구쳤다.

충무검대주들이 그것을 보곤 주춤주춤 물러섰다.

상대는 천하제일검사 백리문.

검선의 명성은 평화의 시대에서나 통용되는 이야기이다.

전장으로 나온 백리문은 야수의 심정으로 싸우는 전검(戰劍)의 용사이다.

장천사는 물론 이런 반응에서 예외이다.

"대주들은 물러나지 말라! 충무검대의 진로를 막는 자들은 대상이 누구이든 처단한다!"

장천사가 음성에 내공을 실어 소리쳤다.

공격의 명이다.

충무검대의 무인들이 와르르 칼을 뽑아 들었다.

무림맹과 반맹의 대립.

송태원과 장천사의 반목.

구대문파와 검선의 격돌.

되돌아올 수 없는 다리를 건넌 상황이다.

이 상황은 이제 누가 죽던 한쪽이 죽어야만 끝이 난다.

*　　　*　　　*

태화 팔 년 십이월 삼 일, 용마총 용성전.

망월루의 용마총 침투조가 용성전으로 들어왔다. 전투 무장을 했고 오백 명은 족히 된다. 침투조 대다수가 칠년전쟁에 참전했던 정예 무인으로 구성되었기에 전력은 충무검대를 충분히 능가한다.

망월루 전열의 선두에는 육산과 망월구객이 자리해 있다.

공격을 앞둔 망월루 포진에서 다소 특이한 점은 적어도 지금 이곳에서만큼은 육산이 망월루의 최종 명령권자가 아니라는 것이다.

트르륵, 툭, 툭.

그는 망월루 무인들의 주시 속에서 칠채궁에 속뇌전 다섯 발을 장전했다.

화약이 걸린 쇠뇌전과 강뇌전도 열두 발씩 준비하여 어깨에 둘렀다.

완전 무장 중이었다. 왼쪽 요대에는 혈선표를 장착했고, 오른쪽 요대에는 자모총통을 꽂았다.

그리고 손가락에는 탄지금을 끼웠고, 등에는 청송검을 대각으로 걸었다.

전투 무장을 마친 그는 바닥에 쓰러져 있는 이추수 앞에 섰다.

그녀가 이렇게 된 것이 자신의 잘못 같아 가슴이 쓰라렸다.

조금 더 주의 깊게 그녀를 관찰했으면 이런 사태를 갑자기 겪진 않았을 터다.

솔직히 용란에 대해 잘 모른다.

그가 알고 있는 사실은 용혈이 용란을 속성으로 개화시킨다는 것과 개화된 용란은 용종을 일깨우는 매개체가 된다는 것이다.

오래전 그는 유연설과 용란에 대해 비밀스러운 대화를 나눈 적이 있었다.

"용은 생을 마칠 때, 자신의 화신을 세상에 남겨요. 용신체, 혹은 용종(龍種)이라고 부르는데 부화하기까지 아주 오랜 시간이 걸리고, 또 인세에서 워낙에 가치가 높은 보물이기에 대개의 경우 정상적으로 태어나지 못하고 자연적이거나 또는 인위적으로 사멸돼요."

"내게 왜 그런 말을 하는 겁니까?"

"화룡은 일만 년을 살아간 대성룡이에요. 그런 존재가 자신의 화신을 남기지 않았을 리가 없어요. 그 화신은 용종 중에서도 으뜸인 태룡종(太龍種)이에요. 인간의 입장에서 보면 저주의 씨앗

이죠."

"하면 어떡해야 합니까?"

"찾아내서 소멸시켜야 해요. 화룡의 태룡종이 악인의 손에 들
어가면 무림은 전대미문의 최강자를 마인으로 맞이하게 돼요. 실
감이 잘 안 되면 군자성을 예로 들죠. 군자성이 태룡종을 얻게 되
면 용체로 환골탈태를 이루어 단박에 악인권의 극한 경지에 오를
거예요."

"태룡종, 화룡의 용종은 지금 어디에 있죠?"

"그건 나도 몰라요. 용종은 화룡이 소멸되고 한참 후에 인세에
나타나요. 다만, 용란으로 용종의 장소를 추적해 볼 수는 있어요."

"용란? 그건 또 뭐죠?"

"용종을 부화시키는 용의 꽃. 용의 기운을 가진 모체를 일컬어
요. 용란의 소유자는 때가 되면 필연적으로 용종을 찾아가게 되어
있어요."

"하면 그 용란이란 것은 누가 가지고 있지요?"

"내 생각으론 현음지화중화대법을 펼친 혈관음 중의 한 명이
소유하고 있는 것 같아요. 화룡이 태화기를 발산하며 소멸될 때
용란이 스며들었지요."

"혈관음 중에 누구?"

"용의 기가 진하게 느껴지는 두 명이 있어요. 주여홍이란 아이
와 송태원의 딸인 송시원이에요. 이 애들은 앞으로 당신과 내가
요주의해서 관리하고 살펴봐야 해요."

"네."

"참고로, 지금 내가 한 말은 당신과 나만 알고 있도록 해요. 용종이 존재한다는 것이 알려지면 천하는 화룡도 쟁취에 못지않은 큰 혼란을 겪게 될 거예요."

용란이 출현했으니 유연설의 그 말은 사실이다. 그렇다면 용종도 어딘가에 있다는 뜻이다.

유연설의 주장에서 틀린 것은 용란의 소유자가 주여홍도 아니고 송시원도 아니란 거다.

용혈이 증명했듯 용란은 이추수가 소유했다. 그녀를 제외한 혈관음이 모두 죽은 지금, 의심의 여지는 없다.

그리고 보면 그와 그녀가 느꼈던 운명의 이끌림도 용종이 원인인 것 같다.

용종이 그녀를 이곳으로 인도했고, 그는 또 그녀의 삶에 이끌려 용마총으로 다시 들어오게 되었다.

유연설은 당시 이렇게 말했다.

"악인이 용종을 취하게 되는 최악의 경우라면, 차라리 용란이 용종을 부화시키도록 그냥 놔두세요. 화룡이 탄생한다고 해도 세상이 위협받는 것은 어차피 먼 훗날의 일이에요. 우리 시대의 사람들이 걱정할 일은 아니에요."

먼 훗날의 일.

그 말이 맞다.

천 년, 아니, 어쩌면 수천 년이 흐른 후에야 화룡은 인류의 위협이 될 것이다.

하지만 그는 그렇게 되도록 내버려 둘 수 없었다. 용종은 용란의 기를 받아 부화가 됨이니 이추수의 목숨도 당연히 위험해지는 것이다.

방법은 하나뿐이다.

용란이 완전히 개화되기 전에 용종을 찾아내어 소멸시켜야 한다는 거다.

그는 바랑에서 침통 같은 암기를 꺼낸 다음, 이추수 옆에 멍히 앉아 있는 백리정에게 던졌다.

"네가 해줄 일이 있다."

백리정이 그를 돌아봤다.

"뭐지요?"

"추수가 조금 전처럼 화기를 몸에서 발산하면 지체 말고 그것을 그녀의 몸에 쏴라."

"네?"

백리정이 놀란 눈을 떴다.

그는 백리정의 반응에 상관하지 않고 말을 이었다.

"그건 초면침(剿眠針)이다. 위험한 것은 아니니 염려하지 않아도 된다. 초면침은 살상 용도가 아닌 마취용으로 사용하는 암기이다."

백리정이 초면침을 손에 들고 의문의 얼굴로 물었다.

"혈마 어르신은 어디로 가시는데요?"

백리정의 심정을 모르는 것은 아니다.

정신을 잃은 이추수, 그의 전투무장, 망월루의 출현. 백리정으로서는 이 모든 상황이 이해되지 않을 것이다. 물론 그렇다고 백리정에게 일일이 설명해 줄 생각은 없다.

"추수가 다시 깨어나면 현재와 과거의 사건이 뒤섞여 상당한 혼란을 겪게 된다. 즙포왕이 곧 이곳으로 올 거니 그 사람들과 같이 네가 추수를 잘 돌봐주어야 한다. 알겠느냐?"

그는 말을 마친 후에 백리정의 대답을 듣지 않고 뒤돌아섰다.

망월루 무인들이 전방에 포진해 있었다. 그는 망월루 포진의 맨 앞에 자리한 육산에게 걸어갔다.

육산과는 조금 전에 만나서 현 상황에 대해 충분히 의견을 나누었다.

육산의 뜻은 그의 생각과 같았다.

용문멸살전.

용문 상황에 관여된 모든 적을 죽인다는 것이다.

그가 말했다.

"준비됐어?"

"물론."

"나를 따라줘서 고맙다."

"전혀. 오히려 내가 고마워해야지."

고마워한다는 육산의 말뜻을 모르지 않는다.

망월단 전우들의 복수를 의미함이다.

그는 공격에 나서기 전, 망월루 포진의 선두에 자리한 아홉 명의 죽립인을 눈짓했다.

"저들은 누구야?"

"망월루의 상객(上客)들."

"상객?"

"믿어도 돼. 저들이 함께하면 무림맹과도 싸울 수 있어."

얼마나 대단한 존재들이기에 감히 무림맹 전력과 비교하는 건가?

정체가 많이 의문스럽지만 지금은 다른 사안에 관심을 둘 상황이 아니다. 그는 칠채궁을 들고 용비전 방향으로 돌아섰다.

망월루 무인들의 주시 속에서 그가 말했다.

"전투에는 자비도 없고 퇴각도 없다. 살아 숨 쉬는 용마총의 모든 적을 전멸시킨다. 알겠는가."

크지 않은 음성이지만 그의 말은 망월루 무인들의 귀에 선명히 들렸다.

육산이 도끼를 들었다.

공격 신호다.

망월루 무인들이 전원 병기를 뽑아 들었다.

"가자!"

그가 앞으로 걸었다.

무인들이 그 뒤를 따라갔다.

걸음의 속도는 점점 빨라졌고, 그러던 한순간 그를 비롯한 모든 무인이 용성전을 붕괴시킬 것 같은 큰 함성을 지르며 전방으로 달려갔다.

*　　　*　　　*

망월루 무인들이 떠난 후, 즙포왕이 포교들을 이끌고 용성전으로 들어왔다.

대포청의 포교들도 이곳에 총집결된 상태다. 이백 명에 이르는 최정예 포교다. 이들은 망월루의 후방에서 용마총 전투를 지원하다가 반맹의 핵심 인물들이 암습을 하거나 도주할 것 같으면 즉각적으로 현장 척살에 나설 계획이다.

한편 이추수도 이 무렵 정신을 차리고 있었다. 그녀의 소식은 망월루를 통해서 전해들은 상태.

이추수의 보호가 무엇보다 우선인 즙포왕은 포교들의 일선 지휘를 조광생에게 맡겨 두곤 그녀를 직접 상대했다.

즙포왕은 일단 이추수의 몸 상태부터 물었다.

"추수야, 괜찮은 거냐?"

"으음."

이추수가 창백한 안색으로 신음을 흘렸다.

확실히 평소의 모습이 아니다. 즙포왕은 그녀의 기맥을 직접 진단해 봤다.

벽사진기의 흐름이 미약하다. 아니, 정확히는 벽사진기가 아닌 또 다른 기가 그녀의 기맥에 흐르고 있다.

"사부님, 그러시지 않아도 돼요. 난 괜찮아요."

이추수가 물러섰다.

존대어에 자세까지도 공손하다. 매사에 밝고 활기차던 아이였다.

이추수의 이런 모습을 보자 즙포왕은 마음이 더 안쓰러웠다.

"추수야, 움직일 수 있겠느냐? 일단 나와 같이 밖으로 나가자."

그녀가 되물었다.

"내가 왜요? 여기가 어딘데요?"

"용마총이잖아? 설마 여기가 어딘지를 모르는 거냐?"

"아! 맞아. 용마총, 난 용마총에 들어왔지."

이추수가 허둥대는 모습을 보이다가 문득 주변을 다급히 돌아봤다.

"참, 아저씨, 아저씨는 어디로 갔죠?"

"아저씨? 누구?"

"사연 아저씨요. 조금 전에 나랑 같이 있었어요."

즙포왕이 말뜻을 몰라 고개를 갸웃할 때 백리정이 대화에 개입했다.

"이 소저, 정신 차리세요. 그 사람은 혈마였습니다. 기억 안 나십니까?"

"네? 혈마? 아!"

그녀가 머리를 감싸 잡고 괴로워했다.

극심한 혼란을 겪는 모습.

신음을 흘리는 것은 물론이요 이마에는 식은땀까지 송골송골 맺혔다.

즙포왕이 그 모습을 보고는 후방의 포교를 불렀다. 그녀를 이대로 두면 안 된다는 생각이다.

포교들이 뛰어와 그녀를 부축해서 일으켜 세웠을 때다.

이추수가 간절한 눈으로 즙포왕을 바라봤다.

"사부님, 부탁이에요. 저를 이곳에 남겨주세요."

즙포왕은 고개를 저었다.

"이 안에서 네가 할 일은 없다. 일단 용마총을 나가서 몸조리부터 하도록 해라."

이추수는 완강히 버텼다.

"아뇨. 난 갈 수 없어요."

"꼭 그렇게 해야 할 이유가 있느냐?"

즙포왕의 물음에 그녀는 용마총 안을 가리켰다.

"저 안에서 누군가가 나를 불러요. 그 음성을 들으면 전 가슴이… 가슴이 많이 아파요. 사부님, 저를 그곳으로 데려가 주세죠. 제발……."

이추수의 청을 즙포왕은 외면할 수 없었다. 그녀는 절박했고, 절박함 속에는 혀라도 깨물 것 같은 결연함이 담겨 있었다.

즙포왕은 포교들을 뒤로 물린 다음 이추수를 진지하게 바라봤다.

"추수야, 너 혹시 예전에 이곳에 온 적이 있느냐?"

이추수는 멍한 얼굴로 용성전의 이곳저곳을 가리켰다.

"저기에 황금 궁전이 있었어요. 궁전 앞에는 또 뜨거운 호수가 있었고요."

"추수야, 네가 어찌?"

"기억나요. 여긴 내가 머물렀던 곳이에요. 이곳에서 내가 무엇을 했는지도 이젠 알 것 같아요."

"으음."

즙포왕은 쓰린 숨결을 흘려냈다.

주서희의 주장이 맞다. 이추수는 용란을 소유한 혈관음이
다.

십오 년 전 그날, 그녀 역시 이곳에 있었다는 뜻이다. 하지
만 한편으로 이 사실은 즙포왕에게 또 다른 난제를 던져 주고
있다.

악양으로 가서 이추수를 책임져 달라고 부탁한 사람은 아
비객 담사연이다.

아비객은 용마총에서 죽음을 맞이했다. 악양으로 옮길 시
간적 여유가 없었거늘 담사연은 어떻게 용마총에 있던 그녀
를 악양으로 옮긴 것일까.

설령 이추수를 악양으로 옮겼다고 해도 화룡대란의 긴박
한 상황에서 담사연이 왜 굳이 그녀만 특별히 관리해서 용마
총 밖으로 빼돌렸다는 건가. 아울러 당시 상황에서 척룡조 외
에 담사연을 도와줄 또 다른 협력자가 남아 있긴 했던가?

사건은 여전히 안개 속이다.

혈지주 사건과 혈마의 탈옥처럼 결과가 나와 있는데 과정
이 온통 의문으로 중첩되어 있다.

이 의문을 풀어내는 한 가지 수가 있긴 있다.

하지만 그것은 즙포왕의 기억, 그가 눈앞에서 본 장면을 부정해야 되는 경우이다.

즙포왕은 하늘을 올려다보며 착잡한 음성을 흘려냈다.

"그는 죽은 사람이야. 살아 있을 리가 없어."

10장

용문결전(龍門決戰)

태화 팔 년 십이월 삼 일, 용마총 용비광장.

와아아! 와아아아!

용비광장으로 들어서자 용마총의 무인들이 사방에서 몰려왔다.

눈에 보이는 전방의 적만 오백 명이 넘었다.

후방에 있는 적과 아직 현장에 투입되지 않은 무인까지 전부 합친다면 일천 명도 훨씬 더 될 것 같았다.

"젠장! 무덤 속에 뭔 놈의 인간들이 이렇게 많아. 이럴 줄 알았으면 우리도 용문 밖에 대기시켜 둔 병력을 몽땅 데리고

오는 건데."

마상담의 말이었다. 전투에 나서지 말라는 그의 명을 마상담이 듣지 않은 것인데 그는 그냥 내버려 두었다.

전투가 시작된 지금 마상담을 후방으로 돌릴 여유가 없었다.

투투투투퉁!

그는 달려가던 중에 속뇌전 다섯 발을 연달아 쏘았다.

일선의 적들이 속뇌전에 맞아 쓰러지자 그다음엔 화약이 걸린 강뇌전을 바로 발사시켰다.

쾅!

강뇌전에 명중된 인체가 폭파된다.

쑹! 쑹!

연이어 날아가는 강뇌전. 그때마다 폭파되는 인체.

일선의 적들이 화들짝 놀라 좌우로 분산된다.

그는 화약 연기 속에서 칠채궁을 어깨로 돌리고 청송검을 빼 들었다.

능광검을 성취한 후로 진검을 사용하기는 정말 오랜만이다.

그는 검을 휘두르며 분산된 적진으로 뛰어들었다. 검초는 날카롭고, 검력은 강력하다.

그가 지나가는 곳마다 적들이 짚단처럼 쓰러졌다. 그를 상대로 정면 대결은 가능하지 않았다. 암습이나 집단적인 공격도 효과가 없었다.

"하!"

전방에서 칼날이 무더기로 날아오던 순간 그의 모습이 홀연히 사라졌다.

짧게 사용된 망량.

그가 재출현한 곳은 적들의 후방이다. 적들이 깜짝 놀라 뒤돌아설 때 그의 어깨에서 적멸기선이 발사됐다.

"크악!"

"아악!"

오십 명 이상의 적이 한꺼번에 적멸기선의 희생물이 되어 바닥을 나뒹굴었다.

처리해야 할 적은 아직 많다.

그는 죽립 아래로 은빛의 눈을 번뜩였다. 이번엔 능광검법이다.

그의 검이 우측에서 좌측 공간으로 길게 지나갔다. 쾌월광의 발휘.

은빛 검광에 휩쓸린 적들이 동작을 멈추더니 이어서는 허리가 잘려 나간 것처럼 차례로 바닥에 쓰러졌다.

"우우!"

일선의 적진에서 살아남은 무인은 고작 서른 명 남짓.

적들은 아연한 얼굴로 뒷걸음질 쳤다.

전투 시작과 동시에 일선의 전열이 격파되었다.

빠르고 무지막지한 공격.

그는 집단 살상전에서 그야말로 전신 같은 위용을 선보이고 있다.

"야아아아!"

함성이 전방에서 들려온다.

이선의 적들이다.

일선의 적들보다 무력도 더 강하고 숫자도 더 많다.

그는 아주 잠깐 대응책을 강구해봤다.

망량을 길게 사용하면 이선의 적들을 어렵지 않게 물리칠 수 있다.

마음을 굳게 먹으면 이선의 적들뿐이 아닌 삼선의 적들까지도 모조리 처단할 수 있다.

하지만 이선의 적들은 적의 본진이 아니다.

본진도 아닌 적의 병력을 상대로 망량을 길게 사용할 수는 없다.

망량은 계속해서 사용할 수 없으며 또한 길게 사용한 후에는 전투력이 일시적으로 약화된다. 전투력이 약화된 상태에서 신마나 매불림 같은 적장들을 만난다면 대적하기가 여의치 않게 된다.

'용종을 찾는 것이 우선이야. 그때까진 일반 무력으로 맞서야 해.'

그가 정공법으로 상대한다고 결론을 내렸을 때다.

"그만하면 됐어! 여긴 우리에게 맡기고 넌 용종을 찾아!"

육산의 음성이 들려왔다.

그는 소리 방향으로 고개를 돌렸다. 육산과 망월구객이 그를 앞질러 달려가고 있었다. 육산의 도끼가 먼저 공간을 가른다.

용마총을 진동하는 폭음과 함께 적들이 바닥에 쓰러진다.

적진이 허물어진 그곳으로 망월구객이 뛰어들어 적들을 파상적으로 몰아붙인다.

한꺼번에 달려 나와 적진을 유린하는 아홉 명의 고수. 망월루가 일방적으로 몰아붙이는 전투 상황이기에 그가 굳이 전장 일선에 나설 필요는 없었다.

그는 능파보를 발휘해 육산의 옆에 붙어 섰다.

"제법이야. 안 본 사이에 실력이 많이 늘었어."

육산이 도끼를 휘두르다 말고 그를 힐끗 돌아봤다.

"제법이라니? 내가 무림이주 망월루주야. 다른 놈이 그딴 말을 했으면 벌써 골통을 쪼갰을 거야."

"하! 녀석!"

그는 달리 답할 말이 없자 피식 웃곤 신법의 속도를 높였다.

이중으로 가속되는 신법.

능파보의 발휘이다.

반각이 되지 않아 그는 이선의 적들을 모두 뚫어냈다.

용비광장 끝.

이선의 적들 후방에 삼선의 적들이 포진해 있다.

'신마교!'

그들의 정체는 보는 순간 바로 알아냈다.

전투 대형이 신마교의 십자소뢰전법이었다. 지금의 십자소뢰전법을 홍매화 상여를 뒤쫓던 과정에서 상대해 본 그것과 같은 위력이라고 여길 수는 없었다.

그때는 오십 명 안팎의 소단위 암기전법이지만 지금은 눈에 보이는 적들만 삼백 명이 넘는 대단위 암기전법이었다.

아군이 적의 포진을 뚫고 나오면 이들은 미리 준비해 둔 암기전법으로 일거에 섬멸시키고자 했을 것이다.

'그렇게는 안 되지.'

그는 청송검을 등 뒤에 돌려 넣고 맨손으로 신마교의 무인들 속에 뛰어들었다.

무인들이 일제히 암기를 내던졌다.

머리 위로 새까맣게 날아오는 소뢰침과 십자표. 암기를 일일이 피하고 다닐 생각은 없다. 그는 짧은 망량을 발휘해 이 전법을 깨뜨리고자 한다.

팟!

그의 신형이 공간에서 사라졌다.

망량의 시공간 속에서 그는 공간에 떠 있는 십자표와 소뢰침의 진행 방향을 약간씩 어긋나게 비튼다.

팟!

망량 발휘가 끝났다.

투투투투! 파파파파!

"크윽!"

"아악!

암기가 그를 중심에 두고 사방으로 분산되어 날아갔다. 신마교 무인들이 되날아온 암기에 타격되어 바닥에 줄줄 쓰러졌다.

왜 이런 현상이 벌어졌는지는 알지 못한다.

그리고 의문을 가질 상황도 아니다. 그의 공격이 아직 끝나지 않았다.

망량을 끝낸 그는 곧바로 청송검을 빼 들고 적의 무리를 갈랐다.

신법의 변화도 동시에 이루어진다.

여덟 개의 신형. 이중삼중으로 가속되는 신법. 망혼보와 능파보의 복합사용이다.

쿠아! 쿠아아아아!

그가 달려가는 곳곳마다 육질이 잘리고 피바람이 휘몰아친다.

막을 수도 없고 피할 수도 없다. 신마교 무인들은 암기를 날릴 기회조차 가져 보지 못하고 땅바닥에 쓰러진다.

그의 주행 공격에 일방적으로 몰리던 전투 상황에 변화가 온 것은 신마교 포진의 후방에서 날아온 죽창(竹槍)으로 인해서이다.

쾅!

죽창이 그의 바로 뒤편 대지에 꽂혀 폭발했다.

보통의 죽창이 아닌 열화탄이 장착된 신마교의 병기, 열화죽창이다.

'누구?'

그는 죽창이 날아온 방향으로 시선을 돌렸다.

열화죽창은 신마교의 오대암기로서 아무나 소지할 수 없고, 또 함부로 사용할 수도 없다.

시선 방향에서 사 인의 무인이 포착됐다.

관복을 입은 남자와 적포, 흑포, 백포를 입은 무인 셋.

그들 중 관복의 남자를 본 그는 눈을 번뜩이며 바로 달려갔다.

'초위강!'

전투 초반에 신마를 상대한다는 것이 조금 버겁긴 하지만 그는 척살의 생각을 굳혔다.

신마를 잡으면 신마교 무인들을 일일이 처단하는 것보다 더 큰 전과를 올릴 수 있었다.

신마와의 거리 십 장.

그는 달리던 중에 자모총통을 꺼내 신마에게 쏘았다.

푸앙!

신마의 가슴에 총환이 정확히 명중됐다.

물론, 이것으로 신마가 척살된 것은 아니다.

총환 한 발로 신마를 어찌해 본다는 생각은 애초에 하지도 않았다.

푸앙! 푸앙!

그는 달리면서 이 발과 삼 발을 연이어 쏘았다. 그가 삼 발을 쏠 때는 신마와의 거리가 다섯 걸음도 채 되지 않았다.

"흡!"

삼 발을 쏘았을 때 신마가 그를 눈앞에 두고 어깨를 움츠렸다.

그 순간 태원수결이 발휘된 그의 왼손이 신마의 가슴에 처박혔다.

쾅!

얼마나 세게 박혔는지 폭음이 울리며 흙먼지가 들썩였다.

하지만 이런 충격에도 불구하고 신마는 쓰러지지 않았다.

아니, 쓰러지기는커녕 신체를 쭉쭉 확장시키며 허리를 버
쩍 세우고 있었다.

'마신변화공!'

판단과 대응은 동시에 이루어진다.

그는 신마의 변화를 감지하자마자 뒤로 물러났다. 삼자의
눈으로 보면 손바닥으로 때린 것과 동시에 튕겨 나왔다고 할
것이다.

"쳐 죽일 놈! 감히!"

그가 물러난 거리만큼 신마가 앞으로 달려와 주먹을 휘둘
렀다.

근육질 덩어리의 주먹.

주먹은 둘째 치고 주먹이 일으키는 기력에 스치기만 해도
중상이다.

휘우웅!

신마의 주먹이 허공을 갈랐다.

이 순간 그는 능파보를 극성으로 발휘해 십 장 밖으로 물러
났다.

정면 대결이 두려워 몸을 피하는 것은 물론 아니다. 신마교
포진을 격파했던 주행공을 한 번 더 사용하고자 가속 거리를
둔 것이다.

쿠우! 쿠우우!

이십 장 거리가 확보되자 그는 다시 신마를 향해 달려갔다.

출발은 능파보이지만 중간 지점에선 망혼보로 바뀐다.

여덟 명의 신형이 동시에 내달리는 질주!

가속되는 신법의 영향으로 폭풍이 휘몰아치는 것 같다.

상황이 심상치 않자 신마교 무인들이 신마의 앞을 철벽처럼 막아섰다.

공격도 바로 이어진다.

철벽 포진을 갖춘 신마교 무인들이 소지한 암기를 일제히 그에게 내던졌다.

전방의 공간을 뒤덮은 암기!

'역공의 기회!'

그는 눈을 빛냈다.

적들이 이렇게 공격해 오기를 바랐다.

팟!

망량이 순간적으로 발휘됐다.

그가 다시 모습을 드러냈을 때는 암기의 방향이 정반대로 바뀌어 있었다.

츄츄츄츄! 콰콰콰콰!

그가 달리는 방향으로 암기들이 날아갔다. 시각적으로는 그가 암기를 몰고 달려가는 것처럼 보였다. 암기가 신마교 무인들을 휩쓸었다.

암기는 무인들의 전열을 단박에 뚫어내고 신마를 향해 새 떼처럼 날아갔다.

'여기서 끝을 봐!'

그는 달려가던 중에 선인지로의 초식으로 능광검을 일으켰다. 상황이 이대로 진행되면 신마는 능광검에 가슴이 뚫린다.

마신변환공으로 총알은 막을 수 있을지 몰라도, 능광검을 막는 것은 어림도 없다.

신마와의 거리 이십 보.

격돌을 눈앞에 두었을 시점이다.

'어?'

그는 멈칫했다.

전방에서 누군가가 뛰쳐나왔다.

정확히는 신마의 옆에 자리해 있었던 삼 인 중 적포인이 그를 향해 달려 나왔다.

그가 멈칫하는 반응을 보인 것은 갑자기 뛰쳐나온 이 적포인이 전방으로 날아간 암기들을 간단하게 뚫어냈기 때문이다.

내가 기공으로 암기를 막을 시간적 여유는 없다. 이렇게 할 수 있는 원인은 암기의 속도보다 적포인이 더 빨리 달렸기 때문이다.

파앙!

그의 눈앞에서 불꽃이 번쩍였다.

그와 동시에 옆구리가 얼얼하다.

적포인이 그를 타격하고 지나간 것이다.

"하아아아!"

그가 휘청하던 사이에 신마가 마신변환공을 전력으로 일으켜 암기를 공중 폭파시켰다.

시야가 훤히 트였다. 이 상태로 신마를 공격하면 반격을 당할 가능성이 있다.

그는 신형을 비틀어 신마를 비켜서 달려갔다.

진짜 놀랄 일은 이제부터이다.

콰아아!

그를 타격하고 지나갔던 적포인이 어느새 그가 달리는 우측으로 따라붙었다.

'뭐하자는 거야?'

그는 적포인을 떨어뜨리고자 삼중신법으로 속도를 배가시켰다.

적포인도 경공의 속도를 같이 올렸다.

슈우우우우우웅!

순식간에 적포인과 어깨를 나란히 해서 오십 장을 같이 내달렸다.

신마교에 이러한 경신법을 가진 무인이 있었던가?

그는 곤혹스러웠고, 한편으로 열도 받았다.

'쓰! 골로 보내주지!'

팟!

망량의 발휘다.

공간은 늘어지고 시간은 느려진다.

그는 망량의 시공간 속에서 적포인을 돌아봤다.

"하!"

웃음.

적포인이 그의 옆에 바짝 달라붙어 씩 미소를 지어 보이고 있었다.

'뭐, 뭐야?'

그는 심장이 떨어질 것 같은 기분을 맛보았다.

망량 속에서 정상적으로 움직이는 인간이 있으리라고는 꿈에도 생각하지 못했다.

[정말 놀랍군. 망량을 성취한 무인이 있었다니!]

점입가경이다.

이젠 전음까지 보내고 있다.

[이봐. 네 망량은 나에게 통하지 않으니까 이제 그만 멈추는 게 어때? 망량을 장기간 발휘하면 무력이 약화돼. 망량을 끝낸 후에 네 안전도 생각해 보라고…….]

"닥쳐!"

그는 짜증을 토하며 신법을 와락 멈추었다.

망량도 자동적으로 중단됐다.

쿵!

적포인이 달리던 관성을 제어하지 못하고 전방의 암벽에 처박혔다.

"응?"

그 모습을 본 그는 망량을 뚫고 들어온 적포인의 수법이 무엇이었는지 뒤늦게 알 것 같았다.

적포인이 망량을 뚫어낸 것은 시공이 느려지기 시작하던 망량 초기에 한해서였다.

그 후로는 망량에 영향을 받지 않은 것이 아니라 그만큼 빠르고 변화막측하게 신법을 운용해서 그의 눈을 속이는 환영을 연출해 냈다.

"감히 나를 가지고 놀아? 이마에 구멍을 뚫어주지!"

그는 자모총통을 빼 들고 적포인에게 달려갔다. 적포인은 암벽 앞에서 허리를 일으키고 있던 중인데 바로 그때 또 다른 변수가 발생했다.

획!

신마의 옆자리에 있던 흑포인이 원반 같은 물체를 그의 머리 위, 암벽으로 내던졌다.

콰쾅! 콰콰콰콰콰!

첫 폭발에 이어 대지를 뒤흔드는 불꽃 폭발이 수십 차례 연속됐다.

그 여파로 그가 달려간 곳은 비 오듯 쏟아진 암벽의 잔해로 일순간에 돌무덤이 되어버렸다.

"와아아아!"

신마교 무인들이 그곳으로 몰려갔다.

쾅!

폭발음이 다시 들려왔다.

이번엔 화약 폭발이 아니라 기력 발출의 여파이다.

"하아!"

그는 돌무덤을 박살 내며 하늘로 솟구쳤다.

등사심결을 운행한 터라 눈동자는 은빛으로 완연히 물들어 있었다.

"신마교! 너희의 장난을 더는 용납하지 않겠다!"

그는 공중 도약 중에 신마와 신마교인들을 무섭게 노려봤다.

무력의 수준을 떠나서 쳐다보기만 해도 주눅이 드는 위압적인 모습이다.

신마가 손을 뒤로 넘겼다.

퇴각을 알리는 지시다.

신마교 무인들이 공격을 중단하고 뒤로 물러났다.

신마가 앞으로 걸어 나와 말했다.

"화마종(火魔宗)의 십방열화탄을 견디다니 혈마, 네놈은 정말 괴물이 되었구나. 아! 혈마가 아니라, 아비객 야랑이겠지."

그의 정체를 알아낸 신마이다.

놀랍지는 않다. 아귀굴에서 나온 후 신마교와 여러 번 충돌했다.

신마와는 중정부 조사실에서 육탄 대결까지 펼쳤다. 신강에서 지겹도록 싸웠던 그를 이 시점에서도 모른다면 그게 더 이상한 일이다.

그는 대지로 내려와 신마를 마주보고 섰다.

"신마, 살아나갈 생각은 버려라. 난 오늘 반드시 너와 끝을 본다."

그의 양손에서 월광이 채찍처럼 뻗어 나왔다.

신마가 그 모습을 보곤 고개를 저었다.

"아니, 난 네놈과 싸울 생각 없다. 우리 사이에 칼로 풀어야 할 묵은 한이 있지만 그건 이 자리에서 풀 게 아니다."

그는 눈살을 찌푸렸다.

피차에 막다른 길이다. 특정 대상을 피한다고 해서 끝날 상황이 아니다.

"이건 정존 그 미치광이 때문에 발생한 사건이다. 우린 이

득도 없고 명분도 없는 이런 기분 더러운 싸움은 하지 않는다."

신마의 말이 이어지던 사이에 신마교 무인들이 후방으로 빠르게 물러났다.

그는 막지 않았다. 그와의 대적을 피하는 것이 아닌 전면 철수라면 생각을 다르게 해볼 수 있었다.

신마교는 용마총에서 벌어진 그의 과거사와 직접적으로 관련된 단체가 아니었다.

그러기에 오늘 이 자리에서 반드시 죽여야 대상에는 포함되지 않았다.

게다가 중정부에서 싸워보았듯 신마는 그에게도 만만치 않은 존재였다.

그가 십오 년 동안 놀고먹지 않았듯 신마 역시 지난 세월 동안 무공이 엄청나게 발전했다. 느낌으로는 거의 군자성만큼 강해 보였다.

그리고 신마 옆의 삼 인, 망량을 뚫은 적포인이 그렇듯 그들의 무력도 심상치 않았다. 신마를 죽이려면 그들 모두를 처리해야 하는데 상대방에 대해 전혀 모르니 대적이 쉽지는 않을 것 같았다.

그가 저지하지 않자, 신마가 뒤로 물러나며 말했다.

"야랑, 정존을 오늘 반드시 죽여라. 그놈이 용종을 취하게 되면 강호는 화룡대란에 버금가는 혈겁을 맞이하게 된다."

그는 잠깐 침묵하고 물었다.

"그자가 용종을 찾아야만 하는 이유가 있는가?"

"그놈은 무공 성취의 부작용으로 용종을 보양하지 않으면 피가 말라 죽게 돼. 그래서 필사적으로 용종 쟁취에 매달리고 있지."

"정존이 혈지주인가?"

"그럴지도."

"혈지주는 누구이지?"

신마가 피식 웃었다.

"이제 보니 날로 먹으려고 하는군. 그놈이 누구인지는 직접 알아보라고."

신마의 모습이 시야에서 아득히 멀어졌다.

전음이 들려온다.

신마의 전음이 아닌, 망량을 뚫고 들어왔던 적포인이 보낸 전음이다.

[야랑, 난 환마종(幻魔宗) 초휘. 당신은 경신술로 시공의 벽을 깬 위대한 무인. 나에게 망량을 경험하게 해준 당신에게 감사를 전해. 다음번에는 우리 진짜 제대로 한번 겨뤄보자고. 참, 당신의 망량을 깬 내 경신술은 환영행공이야. 무림에서 천마행공이라고 불리기도 하는 마교의 최고 비전이지…….]

환마종의 전음이 끊겼다. 신마도 이젠 눈에 보이지 않았다.

그는 신마를 살려 보낸 것에 대해 아무런 판단을 할 수 없었다.

현 상황에서 최선일 수도 있겠지만 차후 상황에서는 최악이 될 수도 있었다.

"아니, 잘한 거야. 내겐 이 순간이 가장 중요해."

그는 마음을 다지며 뒤돌아섰다.

갈 곳은 정해져 있다.

용문전 와룡대.

그의 과거와 그녀의 미래가 뒤엉킨 곳.

그는 시공결의 사슬을 풀어내고자 와룡대로 달려갔다.

『자객전서』 8권에 계속…

이 시대를 선도하는 이북 사이트

이젠북

www.ezenbook.co.kr

더욱 막강해진 라인업!
최강의 작가들이 보이는 최고의 재미.

이들의 "유료연재"가 시작됩니다!

김재한 『성운을 먹는 자』   태제 『태왕기 현왕전』
홍정훈 『월야환담 광월야』   전진검 『퍼팩트 로드』
이지환 『어린황후』   방태산 『완벽한 인생』
좌백 『천마군림 2부』   왕후장상 『전혁』
김정률 『아나크레온』   설경구 『게임볼』

검색창에 **이젠북** 을 쳐보세요! ▼ Q

천산루

조돈형 新무협 판타지 소설

FANTASTIC ORIENTAL HEROES

『궁귀검신』,『장강삼협』의 작가 조돈형
그가 그려내는 새로운 이야기!

무림삼비(武林三秘)
천외천(天外天), 산외산(山外山), 루외루(樓外樓).

일외출(一外出), 군림천하(君臨天下)!
이외출(二外出), 난세천하(亂世天下)!
삼외출(三外出), 혈풍천하(血風天下)!

가문의 숙원을 위해, 가문을 지키기 위해
진유검, 무림의 새로운 질서를 세우다!

Book Publishing CHUNGEORAM

유행이 아닌 자유추구 ─
WWW.chungeoram.com

현대백수 장편 소설

간웅

FUSION FANTASTIC STORY

뇌성벽력이 치는 어느 날!
고려 황제의 강인번을 들고 있던
어린 병사가 낙뢰를 맞고 쓰러졌다.

하지만… 다시 눈을 뜬 이는
현대 대한민국에서 쓸쓸히 죽은
드라마 작가 지망생.

고려 무신 시대의 격변기 속에서 눈을 뜬 회생[回生].
살아남기 위해! 죽지 않기 위해!
그의 행보로 인해 고려는 서서히
변하기 시작하는데…….

치세능신 난세간웅(治世能臣 亂世奸雄)!

격동의 무신 시대!
회생, 간웅의 길을 걷다!

Book Publishing CHUNGEORAM

유행이 아닌 자유추구 -
WWW.chungeoram.com

절정고수들이 하늘 높은 줄 모르고 질주하는 현 세상.
서른여덟 개의 세력이 서로를 견제하는 혼돈의 시대.

그 일촉즉발의 무림 속에
첫 발을 디딘 어린 소년.

"나는 네가 점창의 별이 되기를 원한다."

사부와의 약속을 지키고
난세로 빠져드는 천하를 구하기 위해
작은 손이 검을 들었다!

박선우 新무협 판타지 소설 FANTASTIC ORIENTAL HE

풍운사일

Book Publishing CHUNGEORAM

유행이 아닌 자유추구 -
WWW.chungeoram.com

내일을 향해 쏴라

김형석 장편 소설

FUSION FANTASTIC STORY

1만 시간의 법칙!
'성공은 1만 시간의 노력이 만든다' 는 뜻이다.

그러나…
사회복지학과 복학생 수.
전공 실습으로 나간 호스피스 병동에서
미지와 조우하다.

1만 시간의 법칙?
아니, 1분의 법칙!

전무후무한 능력이 수에게 강림하다!
맨주먹 하나로 시작한 수의
인생역전이 시작된다!

Book Publishing CHUNGEORAM

WWW.chungeoram.com

문용신 新무협 판타지 소설

FANTASTIC ORIENTAL HEROES

한량 아버지를 뒷바라지하며
호시탐탐 가출을 꿈꾸던 궁외수.

어린 시절 이어진 인연은
그를 세상 밖으로 이끄는데……

"내가 정혼녀 하나 못 지킬 것처럼 보여?"

글자조차 모르는 까막눈이지만,
하늘이 내린 재능과 악마의 심장은
전 무림이 그를 주목하게 한다.

"이 시간 이후 당신에겐 위협 따윈 없는 거요."

무림에 무서운 놈이 나타났다!

Book Publishing CHUNGEORAM

 유행이 아닌 자유추구—
WWW.chungeoram.com